**Elisa Lark**

# Todesengel zu Weihnachten

Provinzkrimi

## Kurzbeschreibung

Eine Reihe an Todesfällen in einer Pflegeeinrichtung, lässt Karl Ramsauer aufhorchen. Seine Schnüffelnase lässt ihn der Sache nachgehen und es stellt sich heraus, dass es sich bei mindestens einem der Fälle nicht um eine natürliche Todesursache handelt. Da Karl und seine Kollegen den Täter nicht vorwarnen möchten, dass sie ihm auf der Spur sind, bleibt nur eine Möglichkeit. Karl muss inkognito ermitteln und zwar genau dort, wo der Täter zugeschlagen hat. Im Seniorenheim!

# 1. Kapitel

06. Dezember, morgens halb acht in Niederhaibach

„Heute ist der Nikolausmarkt. Wann fahren wir denn da hin?“, fragt meine Frau mich am Frühstückstisch.

„Muss ich da hin?“, frage ich seufzend.

Ich kann mir wahrlich was Schöneres vorstellen, als durch die ganzen Stände mit Basteleien und Dekoration zu schlendern.

„Natürlich musst du da mit“, entgegnet sie, als wäre es selbstverständlich und ihre tadelnde Miene zeigt mir, dass sie keinen Widerstand duldet.

Ich stoße seufzend den Atem aus. Hoffentlich gibt es wenigstens Glühwein und Bratwurstsemmeln. Dann wäre das Ganze wenigstens einigermaßen zu ertragen.

„Wann geht der Zinnober denn los?“, frage ich sie.

Sie wirft mir erneut einen tadelnden Blick zu, denn wie es scheint bin ich hier der Einzige, der einen Nikolausmarkt für völlig überflüssig hält. Anders hingegen den Christkindlmarkt, den ich sehr gerne besuche. Ich probiere mich nur zu gerne durch die ganzen Leckereien der einzelnen Stände.

Nikolausmarkt in Niederhaibach hingegen ist vielmehr so ein Frauentreff, bei dem diese ihre selbstgemachten Sachen zum Verkauf anbieten. Allerdings bin ich nicht so der Fan von Häkeldeckchen und selbstgebastelten Styroporengeln.

„Ab siebzehn Uhr sind die Stände offen“, entgegnet meine Frau.

„Und wo ist er überhaupt?“

„Beim Greibauer in der Gerätehalle.“

Der arme Greibauer wurde sicherlich von seiner Alten dazu genötigt alle Maschinen aus der Halle zu fahren, um dort für die Bierzelttische Platz zu machen, auf denen all die Bastelweiber aus dem Dorf ihr Zeug ausstellen können.

„Dann fahren wir halt gleich um fünf hin oder?“, biete ich an, damit ich es möglichst schnell hinter mich bringen kann.

„Ich hätte gesagt, wir gehen zu Fuß“, entgegnet Rosi.

„Zu Fuß?“, frage ich ungläubig, denn das sind bestimmt zwei Kilometer, da sich der Greibauer-Hof etwas außerhalb befindet.

„So ein kleiner Spaziergang schadet uns bestimmt nicht.“

Ihre Stimmlage macht deutlich, dass sie keinen Widerspruch gelten lässt. Was dann wohl bedeutet, dass ich heute noch etwa vier Kilometer durch die Gegend rennen muss. Meine Freude hält sich verständlicherweise in Grenzen. Der einzige Vorteil wird hoffentlich sein, dass meine Rosi mir dann wenigstens eine Bratwurstsemmel und einen

Glühwein gönnt, wenn ich schon so weit laufen muss. Beschwören würde ich es allerdings nicht.

Vielleicht habe ich ja Glück und es gibt noch einen neuen Mordfall, bei dessen Klärung Hansi und Simone meine Hilfe brauchen. Das wäre wohl das Einzige, was mich vor dem heutigen Abend retten könnte.

„Die Gudrun hat auch einen Stand“, informiert mich Rosi, als sie ihre Scheibe Vollkornbrot mit Marmelade bestreicht.

„Was stellt die denn aus?“, frage ich irritiert. „Shampoo und Bürsten?“

Ich kann mir nicht vorstellen, was unsere Dorffriseurin auf einem Nikolausmarkt anbieten könnte. Sie wird ja kaum dort ihre Dienste anbieten und die Haare schneiden.

„Sie bietet selbstgemachte Haarseifen an“, entgegnet meine Frau und sieht dabei völlig ernst aus.

Also ich kenne Seife für die Haut und Shampoo für die Haare. Beides kauft man meines Wissens nach im Drogeriemarkt. Aber eine Kombination aus beidem, das dann auch noch selbstgemacht wird, ist mir fremd und ehrlichgesagt auch ziemlich suspekt.

Vermutlich hat sich meine Frau nur versprochen.

„Du meinst Handseife“, verbessere ich sie, wobei ich auch nicht genau weiß, warum man eine normale Seife nicht einfach im Supermarkt kauft, sondern selbst zusammenrühren sollte.

„Nein, Haarseife“, wiederholt sie.

„Und mit der soll man sich dann die Haare waschen oder was?“, frage ich irritiert, denn das kann ich mir wirklich nicht vorstellen.

„Ja natürlich“, antwortet Rosi seufzend. „Essen sollst du sie natürlich nicht.“

„Wieso soll man sich bitteschön mit einer Seife die Haare waschen? Wir sind doch nicht mehr im Mittelalter.“

Ich schüttle den Kopf. Manchmal frage ich mich, was sich die Menschen denken, die solche „Neuerungen“ erfinden. Eine Haarseife, ich glaube die gabs nicht einmal im Mittelalter.

„Gudruns Haarseife hat nur rein pflanzliche und biologische Inhaltsstoffe und ist sehr umweltfreundlich.“

Ich sehe Rosi ungläubig an und weiß nicht genau ob ich laut loslachen, oder den Kopf schütteln soll. Jetzt kommt sie mir nicht mehr nur mit ihrem Gesundheitsfraß, jetzt muss ich dann womöglich auch noch mit dem komischen Zeug meine Haare waschen. Ich entscheide mich dafür, es mit Humor zu nehmen, bevor ich mich darüber aufrege.

„Dann könnte ich sie vermutlich doch essen“, brumme ich und schüttle den Kopf.

Hoffentlich kommt meine Frau nicht darauf, der Gudrun diesen Schmarrn abzukaufen.

Als wir um kurz vor fünf das Haus verlassen, ist es arschkalt und ich habe überhaupt keine Lust jetzt den ganzen Weg bis zum Greibauer-Hof zu latschen. Aber was bleibt mir schon anderes übrig? Leider gab es im Revier keinen Mordfall oder dergleichen. Die nächste Leiche kommt bestimmt wieder zu einem ungünstigen Zeitpunkt.

„Willst du keine Mütze aufsetzen?", fragt Rosi mich, bevor sie die Haustür schließt.

Ich schüttle den Kopf. An meiner Jacke befindet sich eine Mütze, die ich bei Bedarf aufsetzen kann. Außerdem habe ich nicht vor, allzu lange zu bleiben und wenn ich mich über die Kälte beschweren kann, gibt es einen Hoffnungsschimmer, dass meine Frau Mitleid hat und wir den Heimweg möglichst schnell antreten.

„Wie du willst, aber jammere mir nicht vor!", sagt sie tadelnd.

Nach ein paar Meter fängt es leicht an zu schneien. Ich sehe meine Chance den Spaziergang doch noch abwenden zu können.

„Sollen wir nicht doch lieber das Auto nehmen?", frage ich sie daher.

„Nein, warum denn?"

„Es schneit", antworte ich und sehe in Richtung Himmel.

„Wegen der paar Flocken?", erwidert sie zweifelnd.

Ich gebe ja zu, dass es kaum der Rede wert ist, da es wirklich nur ein paar wenige Flocken sind.

Dennoch weiß man ja nicht, welchen Verlauf das Wetter nimmt. Da muss man schon vorsichtig sein.

„Vielleicht ist es ja erst der Anfang. Ich möchte nur ungern in einen Schneesturm geraten."

Meine Frau lacht hell auf und schüttelt sichtlich belustigt den Kopf.

„Keine Sorge, der Wetterbericht meldet keinen Schneesturm."

„Vielleicht Blitzeis", versuche ich es tapfer weiter. „Das sollte man nicht unterschätzen."

„Auch kein Blitzeis", grinst sie amüsiert.

Wie es aussieht gibt es keine Hoffnung meine Rosi umzustimmen. Sie bleibt stur und hakt sich bei mir unter, bevor sie mich weiter mit sich zieht. Seufzend gebe ich nach. Was bleibt mir auch anderes übrig.

## 2. Kapitel

06. Dezember, abends halb sechs in Niederhaibach

Wie erwartet hält sich meine Freude in Grenzen. Der Markt ist nichts anderes, als eine Zusammenkunft von gelangweilten Hausfrauen, die ihr hässliches Bastelzeug unter die Leute bringen wollen. So würde ich das natürlich niemals meiner Frau und ihren Freundinnen sagen.

Zumindest hat sich der Greibauer dazu entschieden Bratwürstel zu grillen und zum Verkauf anzubieten. Außerdem hat er einen großen Topf mit Glühwein auf seinem Verkaufstisch stehen, den seine Frau ausgibt. Ich stelle mich zu ihm an den Grill und lasse meine Rosi ihren Rundgang alleine vollenden. In der Zwischenzeit ordere ich eine Tasse Glühwein und eine Würstelsemmel. Vielleicht doch ganz gut, dass ich nicht mit dem Auto gefahren bin. So kann ich wenigsten dem Genuss des Glühweins verfallen.

„Bist du freiwillig hier?“, fragt mich der Greibauer, als ich neben seinem Grill stehe und meine Bratwurstsemmel esse.

„Hast du freiwillig deine Halle geräumt, damit die hier ihre Stände aufbauen können?“, entgegne ich statt einer Antwort.

Er lacht und schüttelt den Kopf.

„Meine Frau war der Meinung, das wäre eine gute Idee“, entgegnet er.

Nur mit Mühe gelingt es mir ein Lachen zu unterdrücken, wobei mir das nicht gänzlich gelingt. Ich presse meine Lippen aufeinander, was auch den Greibauer schmunzeln lässt. Genau genommen sind wir beide in derselben Situation. Unsere Frauen sagen wo es langgeht.

Er ergreift seine Glühweintasse und hält sie mir entgegen. Sofort verstehe ich sein Vorhaben, nehme meine eigene Tasse in die Hand und stoße sie gegen seine. Anschließend nehmen wir beide einen großen Schluck und beobachten die Frauen, wie sie voller Euphorie die komischsten Sachen begutachten.

Nach einer Weile kommt der Leitner Xaver auf uns zu, der offensichtlich ebenfalls zu dem Besuch des Nikolausmarktes genötigt wurde.

„Servus, habt ihr auch mitmüssen?“, fragt er sichtlich schlecht gelaunt.

Der Greibauer füllt eine weitere Tasse mit Glühwein und überreicht sie Xaver.

„Danke, der macht es erträglicher“, seufzt er, als er sie entgegennimmt. „Gibst mir auch noch eine Würstelsemmel.“

Es dauert nicht lange, dann kommt auch noch Richard zu uns, der wohl ebenfalls von seiner Frau überredet wurde, sich hier blicken zu lassen. Wie sagt man so schön? Geteiltes Leid ist halbes Leid.

„Glühwein und Würstelsemmel?“, fragt der Greibauer ihn.

„Gute Idee“, stimmt er sofort zu.

„Dem Schuster Schoß sei Mutter ist gestorben. Habt ihr das schon gehört?“, fragt Xaver nach einer Weile.

„Die war doch auch im Altenheim oder?“

Xaver nickt bei Richards Frage.

„Da sterben sie ja zurzeit wie die Fliegen“, wirft der Greibauer ein.

„Wieso, wie viele sind denn da schon gestorben?“, hake ich nach.

Ich habe das gar nicht mitbekommen, vielleicht auch einfach nicht registriert, weil ich die Todesanzeigen immer überblättere. Meine Frau sorgt dafür, dass ich von den Todesfällen erfahre, die zu unserem Bekanntenkreis zählen.

Im Gegensatz zu meiner Frau ziehen mich die Informationen, dass die Menschen in unserem Alter mittlerweile immer öfter versterben, ganz schön runter. Es ist wirklich nicht lustig alt zu werden, auch wenn mir natürlich bewusst ist, dass man für jedes Jahr, in dem man gesund ist, dankbar sein sollte.

„Das waren bestimmt schon fünf oder?“, fragt Xaver in die Runde.

„Ich weiß nicht genau, aber das könnte hingehen“, antwortet Richard schulterzuckend.

Xaver als Metzger und Richard als Dorfelektriker bekommen am meisten von den Leuten mit. Daher wissen sie, wer von den Verstorbenen im Altenheim war und auch dort gestorben ist.

„Das sind aber schon auffällig viele für die kleine Einrichtung“, sage ich nachdenklich.

„Vielleicht grassiert ja ein Magen-Darm-Virus, der den alten Leuten so schwer zu schaffen macht.“

Xavers Worte machen mich nachdenklich. Das wäre natürlich eine Erklärung, dennoch habe ich das Gefühl, ich sollte der Sache nachgehen. Womöglich bin ich ja einfach nur gelangweilt und suche nach einer Aufgabe. Andererseits macht es mich schon hellhörig, wenn meine Freunde davon sprechen, dass es sich um auffällig viele Sterbefälle handelt.

Wie sagt man so schön?

Einmal ist keinmal, zweimal ist Zufall aber dreimal ist ein Muster.

Es sollte einfach sein, ausfindig zu machen, ob es Hinweise auf eine Straftat gibt. Das bedeutet ich fahre morgen ins Revier und mache mich an die Arbeit. Ich würde ja am liebsten gleich aufbrechen, doch meine Frau würde mich massakrieren, wenn ich hier abhaue, um womöglich einem Geist nachzujagen.

„Wie schauts aus?“, fragt Xaver. „Trinken wir noch eine Runde?“

Unisono nicken wir, bevor wir unsere Tassen nacheinander an den Gastgeber reichen, der diese wieder mit Glühwein auffüllt.

„Wisst ihr denn, wer die anderen Opfer waren?“, hake ich weiter nach, weil es mir einfach keine Ruhe lässt.

„Soweit ich weiß, waren das keine Hiesigen“, antwortet Richard. „Aber sicher weiß ich es auch nicht.“

Im Altenheim werden nicht nur Niederhaibacher betreut, denn die meisten alten Leute wohnen in einem Mehrgenerationenhaus, so wie es auf dem Dorf noch bei vielen normal ist. Daher sind in dem Altenheim vor allem Auswärtige untergebracht, denn die Unterbringungspreise sind auf dem Land günstiger, als in der Stadt.

„Jetzt machen wir mal einen Themawechsel“, wirft der Greibauer ein. „Wir müssen doch nicht ständig über den Tod reden.“

Bevor wir antworten können, kommt Xavers Frau auf uns zu und winkt ihn schon von Weitem zu sich.

„Xaver komm mal, ich muss dir was zeigen!“, fordert sie ihn auf.

„Oh nein“, murmelt er so leise, dass es seine Frau nicht hören kann.

Ich werfe ihm einen mitleidigen Blick zu.

„Kauf dir doch das Teil einfach, wenn es dir gefällt“, versucht er sie loszuwerden, ohne sich mit ihr anzulegen.

„Du wirst doch jetzt ein paar Minuten übrighaben. Den Glühwein kannst dir später auch wieder reinschütten“, entgegnet sie schroff.

Xaver stößt den Atem aus und stellt seine Tasse auf dem Tisch ab, dabei rollt er mit den Augen, so dass es seine Frau nicht sehen kann.

„Na, dann bleibt mir wohl nix anderes übrig“, murmelt er, bevor er zu ihr geht.

Ich nehme noch einen Schluck aus meiner Tasse und lasse dabei meinen Blick über die Menschenmenge streifen. Xaver steht mit seiner Frau an Gudruns Stand und der Arme muss an den verschiedenen Seifen riechen. Vermutlich sollte es ihm eine Ehre sein, dass er die Duftrichtung für seine Frau aussuchen darf. Allerdings wird es ihm einerlei sein, wie das Shampoo seiner Frau riecht. Nein Moment, es handelt sich dabei ja um Haarseife.

Xaver dreht das Stück Seife in seiner Hand und runzelt die Stirn. Vermutlich versteht er das Prinzip dieser Erfindung auch nicht so recht. Schmunzelnd sehe ich ihm zu, als plötzlich auch meine Frau eine der Seifen in die Hand nimmt. Ich ahne schon, dass ich die nächste Zeit wohl mit diesem Zeug meine Haare waschen muss.

Wie befürchtet zückt Rosi ihren Geldbeutel und holt einen zehn Euro Schein hervor. Sie übergibt ihn Gudrun und es dauert eine ganze Weile, bis ich schnalle, dass dieses Stück Seife tatsächlich zehn Euro kostet und Rosi kein Rückgeld erhält. Wie es aussieht, wird das Haarewaschen im Hause Ramsauer die nächste Zeit ganz schön teuer.

# 3. Kapitel

07. Dezember, morgens halb neun in Straubing

Bevor ich ins Revier fahre, halte ich noch beim Bäcker, um für meine Kollegen und mich etwas Süßes mitzunehmen. In der Auslage liegt ein köstlich aussehender Hefenusszopf, den ich so sehr liebe. Ich bestelle die Hälfte davon. Das müsste für uns drei reichen.

Als ich im Büro ankomme, ist lediglich Simone im Raum.

„Ja guten Morgen, Karl“, begrüßt sie mich mit einem strahlenden Lächeln. „Was führt dich denn hierher?“

„Ich habe euch einen Nusszopf mitgebracht“, antworte ich und wedle mit meiner Papiertüte. „Wo ist denn der Hansi?“

„Der wollte sich Kaffee holen“, antwortet Simone. „Was hältst du davon, wenn ich für uns beide auch welchen besorge. So ein Zopf schmeckt doch mit Kaffee gleich viel besser.“

„Gute Idee“, entgegne ich und setze mich an meinen Schreibtisch.

„Du bist doch nicht zum Arbeiten gekommen“, sagt sie stirnrunzelnd.

„Da bin ich noch nicht ganz sicher. Vorerst ist es nur eine kleine Recherche.“

Sie schmunzelt, bevor sie das Büro verlässt. Ich schalte das Tablet an, welches für mich bereitliegt. Mittlerweile komme ich wirklich schon gut damit zurecht. Wer hätte gedacht, dass ich mich damit noch anfreunde?

„Servus Karl“, begrüßt mich Hansi, als er das Büro betritt.

„Guten Morgen“, entgegne ich, während ich kurz zu ihm aufsehe.

„Simone hat gesagt, du hast uns was mitgebracht“, erwidert er und richtet seinen Blick auf die Bäckerpackung.

„Gute Neuigkeiten sprechen sich schnell herum“, antworte ich schmunzelnd.

„Was suchst du denn?“, fragt er, als er auf meinen Bildschirm sieht.

„Hast du von dem Seniorenheim in Niederhaibach gehört, in dem die Alten wegsterben?“, entgegne ich.

„Wie wegsterben?“

Er runzelt die Stirn.

„Offensichtlich sind in letzter Zeit fünf Bewohner gestorben.“

„Ist das so ungewöhnlich?“, fragt er schulterzuckend. „In einem Altenheim sterben doch regelmäßig Leute.“

„Es handelt sich um eine relativ kleine Einrichtung. Vielleicht irre ich mich ja, aber irgendwas lässt mich an der Sache nicht los“, antworte ich.

In diesem Moment kommt auch Simone zur Tür herein und hat zwei Tassen Kaffee und drei Teller dabei.

„Darf ich?“, fragt sie und deutet auf die Bäckerverpackung, nachdem sie den Kaffee auf meinem Schreibtisch abgestellt hat.

„Natürlich“, stimme ich nickend zu und scrolle weiter durch die Homepage des Altenheims.

„Was suchst du denn da?“, fragt nun auch sie stirnrunzelnd.

„Er glaubt, dass die Tode im Altenheim nicht natürlichen Ursprungs sind“, antwortet Hansi für mich.

„Hm, wie kommst du denn darauf?“, hakt sie nach.

„Ein paar Männern aus dem Dorf ist aufgefallen, dass überraschend viele der Bewohner innerhalb eines kurzen Zeitraums gestorben sind. Und glaubt mir, wenn denen das schon auffällt, dann sollten wir uns das mal genauer ansehen.“

Simone verteilt den Zopf und überreicht Hansi einen Teller, den dieser mit sichtlicher Vorfreude annimmt. Während er augenblicklich ein großes Stück abbeißt und meine Aussage völlig ignoriert, sieht Simone nachdenklich drein und rührt mit dem Löffel in ihrer Tasse.

„Okay, dann sollten wir uns zuerst die verstorbenen Bewohner ansehen. Vielleicht wurde ja der ein oder andere obduziert. Falls eine natürliche Todesursache festgestellt wurde, können wir denjenigen schonmal ausschließen“, sagt sie nachdenklich.

„Mit etwas Glück ist es nur falscher Alarm. Das müsste sich ja schnell feststellen lassen“, stimme ich ihr zu, bevor ich mich über meinen Hefezopf hermache.

„Wollt ihr uns jetzt schon mit Gewalt Arbeit beschaffen?“, wirft Hansi kauend ein.

Er stopft sich gerade das letzte Stück seines Zopfes in den Mund und schielt auf die Verpackung. „Ist noch was da?“

„Nein, ich habe es gerecht geteilt“, antwortet Simone vorwurfsvoll, während ich mir den Rest von meinem Stück in den Mund schiebe, bevor Hansi ihn mir abluchsen will.

Simone richtet ihren Blick auf den Bildschirm und tippt auf ihrer Tastatur herum. Es ist unglaublich wie schnell sie mit ihren Fingern ist.

„Also, die Verstorbenen wurden bis auf die Letzte alle verbrannt und bereits beigesetzt.“

Sie runzelt nachdenklich die Stirn.

„Wurden sie obduziert?“, frage ich nach, während Hansi noch die schlechte Nachricht verdauen muss, dass es keinen Nachschub vom Zopf für ihn geben wird.

„Nein, es gab keinen Anlass dafür. Es wurde davon ausgegangen, dass sie durch Herzversagen friedlich eingeschlafen sind.“

Simone schüttelt mit zusammengekniffenen Augenbrauen den Kopf.

„Das ist doch schon auffällig, dass sie alle an Herzversagen gestorben sind oder?“, frage ich nach.

„Im Alter wird nun einmal das Herz schwach“, wirft Hansi ein.

Er hat offensichtlich nicht vor, sich Arbeit um den Hals zu hängen, wenn es sich vermeiden lässt.

„Ich muss Karl schon recht geben“, erwidert Simone. „Nicht alle alten Leute sterben an Herzversagen. Manche haben auch eine Lungenentzündung oder kommen kurz vor ihrem Ableben noch ins Krankenhaus, weil Krebs, Durchblutungsstörungen oder dergleichen diagnostiziert werden. Dass in diesem Altenheim die Menschen in letzter Zeit ausschließlich im Heim versterben ist schon etwas ungewöhnlich.“

Hansi seufzt und schüttelt den Kopf.

„Das ist nicht euer Ernst“, sagt er sichtlich schlecht gelaunt. „Lasst doch einfach die Toten in Frieden ruhen.“

„Okay, Vorschlag. Rudi soll die letzte Verstorbene untersuchen, die nicht verbrannt wurde und wenn er Anzeichen für Fremdeinwirkung feststellt, haben wir einen Fall. Wenn er jedoch nichts findet, dann lassen wir das ganze ruhen.“

Simone sieht zuerst zu Hansi und anschließend zu mir.

„Einverstanden“, stimme ich augenblicklich zu.

„Von mir aus“, gibt Hansi stöhnend nach. „Aber wenn da nichts ist, dann will ich auch nichts mehr davon hören!“

„Dann informiere ich gleich mal Rudi und leite in die Wege, dass die Leiche zu ihm überstellt wird.“

Simone greift zum Hörer, während ich weiter durch die Homepage des Altenheims stöbere. Wie es aussieht, gibt es keine Klagen der Bewohner oder deren Angehörigen. Die Bewertungen auf den Onlineportalen sind jedenfalls vorwiegend gut.

Ich schalte das Tablet aus und stehe auf.

„Ihr gebt mir Bescheid, wenn Rudi mit der Obduktion fertig ist?“, frage ich die beiden.

„Du willst jetzt nicht einfach abhauen?“, erwidert Hansi vorwurfsvoll.

„Natürlich, ich bin noch verabredet“, antworte ich gutgelaunt.

„Das ist ja mal wieder typisch. Du kommst hier mit Arbeit an und schleichst dich dann davon.“

Ich grinse ihn schadenfroh an.

„Du wirst dir schon keinen Haxen ausreißen. Außerdem haben wir ausgemacht, dass wir erst tätig werden, wenn Rudi fündig wird.“

Bevor ich das Büro verlasse, zwinkere ich ihm zu. Er bedenkt mich mit einem finsteren Blick, bevor er ein Schmunzeln unterdrückt. Hansi ist nur neidisch, weil ich schon in meinem wohlverdienten Ruhestand bin.

# 4. Kapitel

07. Dezember, mittags halb eins in Niederhaibach

Als ich die Gaststube betrete, bin ich einer der Letzten. Wir haben heute Jahreshauptversammlung vom Schützenverein und zu diesem Anlass spendiert der Hias ein Rehragout. Ich bin definitiv zu spät dran, denn die Schüsseln werden schon auf den Tisch gestellt.

„Ja, wo bleibst du denn?“, fragt Xaver, als ich zu ihnen an den Tisch komme.

„Die Arbeit hat mich aufgehalten.“

„Seit du in Pension bist, arbeitest du mehr, als vorher“, zieht Richard mich auf.

„Ja mei, ich bin halt ein gefragter Mann“, erwidere ich und setze mich zu ihnen.

Eine Handbewegung in Richtung Bedienung reicht, um eine Halbe Bier zu bestellen. Ich ergreife nach Xaver den Schöpflöffel und lade etwas von dem Rehragout in meinen Suppenteller. Anschließend angle ich mir noch eine Semmel, und koste den ersten Löffel.

Ich habe einen Bärenhunger und mich schon den ganzen Vormittag auf dieses Essen gefreut. Da meine Frau schon im Plätzchenbackfieber ist und die kleinen

Köstlichkeiten nur darauf warten von mir verputzt zu werden, hat Rosi beschlossen den Zucker ansonsten komplett aus unserer Nahrung zu streichen.

Leider nicht nur den Zucker, sondern auch alle schlechten Fette. Ich habe keine Ahnung, wie die genau heißen, aber es sind definitiv all jene, die das Essen schmackhaft machen. Gestern gab es zum Abendessen einen Brotaufstrich, der eine giftig grüne Farbe hatte. Erst dachte ich ja, es wären geschredderte Gurken, doch Rosi belehrte mich eines Besseren. Ich kann den Namen von dem Zeug nicht mehr nennen, weil es irgendwas Ausländisches war. Und auch wenn es einigermaßen genießbar war, wäre mir ein anständiger Aufschnitt lieber gewesen.

„Also des Rehragout war wirklich eine gute Idee", sage ich zum Hias, bevor ich mir nochmal nachfasse.

Ich könnte den ganzen Topf alleine aufessen, aber da haben meine Freunde wohl etwas dagegen.

„Also für einen alten Mann isst du wirklich einen ganzen Haufen", schmunzelt Xaver.

„Alter Mann?", frage ich ihn warnend und werfe ihm einen finsteren Blick zu.

„Immerhin bist du schon in Pension", entgegnet er schulterzuckend.

„Ja, ja schon recht", knurre ich und entnehme dem Topf aus Trotz noch einen weiteren Schöpflöffel.

„Wie schauts eigentlich aus, Karl? Du wärst doch der Richtige für das Amt des Vorstandes", sagt Xaver nach einer Weile.

Da heute auch die Neuwahlen der Vorstandschaft anstehen und sich unser bisheriger Vorstand nicht mehr zur Wahl aufstellen lassen möchte, suchen wir natürlich händeringend nach einem Nachfolger.

„Das geht nicht“, erwidere ich.

„Warum du hast doch Zeit?“, fragt Richard nun auch noch.

„Ich arbeite“, sage ich mit deutlichem Vorwurf in der Stimme.

„Ja, aber nur noch nach Bedarf. Im Gegensatz zu uns gehst du keiner geregelten Arbeit mehr nach“, grinst Hias.

Offensichtlich haben sie sich alle gegen mich verschworen. Wenn ich allerdings dieses Amt annehme, wird Rosi mich einen Kopf kürzer machen, denn dann verbringe ich noch weniger Zeit zu Hause.

Außerdem habe ich keine Lust mich da reinzusteigern und mir ist sehr wohl bewusst, wie viel Arbeit in einem solchen Amt steckt. Es ist eine Tatsache, dass ich einfach keine Lust habe meine Freizeit dafür zu nutzen mich mit den Problemen und Erwartungen der Mitglieder des Vereins rumzuschlagen. Seien wir doch mal ehrlich; die meisten hier sind in einem Alter, in dem sie nichts lieber tun, als von ihren Gebrechen und Wehwehchen zu berichten. Als normales Mitglied kann ich dem entgehen, indem ich mich nur mit den Leuten umgebe, die mir zur Nase stehen. Als Vorstand bin ich erste Anlaufstelle und kann nicht einfach sagen, dass ich keine Lust habe, mir das anzuhören.

„Für diesen Posten ist ein anderer sicher besser geeignet“, lehne ich ab.

„Wie wäre es denn dann mit Kassierer oder Schriftführer?“, hakt Hias nach.

„Sagts mal, wollt ihr mir jetzt unbedingt ein Amt aufdrücken?“

Ich sehe vorwurfsvoll in die Runde.

„Du hast doch Zeit“, wiederholt Richard schulterzuckend.

„Habe ich nicht“, entgegne ich kopfschüttelnd. „Ich stecke mitten in einem Fall.“

„Das hat aber nichts mit den Toten im Altenheim zu tun oder?“, hakt Xaver nach.

„Über Einzelheiten darf ich nichts sagen“, entgegne ich ausweichend.

„Also sind die Alten tatsächlich ermordet worden?“, ruft Richard neugierig.

„Wo ist denn eigentlich der Greibauer?“, frage ich, um das Thema zu wechseln.

„Der wird wahrscheinlich noch die Spuren vom gestrigen Nikolausmarkt beseitigen“, antwortet Richard lachend.

„Der arme Kerl hat seine ganze Maschinenhalle ausräumen müssen, nur damit die Weiber einen Grund hatten sich zu treffen“, witzelt Hias.

„Nicht nur die Weiber“, brummt Xaver.

„Warst du etwa auch dort?“, ruft er grinsend.

„Nicht nur er“, gebe ich zu.

„Du auch?“

„Freile“, gebe ich zu.

„Ich war auch“, wirft nun Richard ein. „Wir haben es uns mit Glühwein und Bratwurstsemmel recht gut gehen lassen.“

Hias sieht uns ungläubig an.

„Da hats auch Glühwein gegeben?“, fragt er mit geweiteten Augen.

Wir nicken.

„Und Bratwürst?“

Erneut nicken wir.

„Ja, warum habt ihr mir denn das nicht gesagt?“, ruft er nun vorwurfsvoll.

„Ich wusste das auch nicht“, erwidere ich schulterzuckend. „Die Rosi wollte nicht alleine hingehen und deswegen musste ich mit. Dass der Greibauer da einen Stand mit Essen und Getränke hatte, war ein Glücksfall.“

„Ein riesiger Glücksfall“, stimmt Xaver mir zu.

„Da wäre ich natürlich auch gekommen“, brummt Hias und setzt seinen Bierkrug an die Lippen.

Ich verkneife mir eine spitze Bemerkung, denn noch vor wenigen Minuten hat er sich über uns lustig gemacht. Dabei war der gestrige Abend wirklich noch ganz lustig und unterhaltsam. Was natürlich mit jeder Tasse Glühwein zunahm. Glücklicherweise hatte ich die Rosi dabei, die mir den Heimweg wies und es sich natürlich nicht nehmen ließ, mir vorzuhalten, dass ich zu viel Glühwein getrunken hätte.

Um dem Risiko zu entgehen, dass sie mich mitten in der Wildnis alleine zurücklassen würde, habe ich natürlich nicht widersprochen. Außerdem ist es viel leichter, sich eine Standpauke anzuhören, wenn man ein bisschen einen im Tee hat.

## 5. Kapitel

08. Dezember, nachmittags halb zwei in Niederhaibach

„Simone ist am Telefon“, sagt Rosi, als sie zu mir ins Wohnzimmer kommt und mir das Telefon entgegenhält.

Ich richte mich auf und stelle den Fernseher auf stumm, bevor ich das Telefon entgegennehme.

„Servus Simone“, begrüße ich sie.

„Servus Karl!“, entgegnet sie. „Der Rudi ist mit der Untersuchung fertig.“

„Und?“, frage ich neugierig.

„Du solltest kommen“, antwortet sie. „Wir haben einen neuen Fall.“

„Ich wusste es. Bin gleich da.“

Ohne eine Verabschiedung beende ich das Gespräch und lege das Telefon auf den Wohnzimmertisch. Anschließend springe ich auf und gehe zu meiner Frau in die Küche.

„Ich muss zur Arbeit, wir haben einen neuen Fall“, informiere ich sie zwischen Tür und Angel.

„Schon wieder!“, ruft sie aufgebracht. „Du bist ja fast mehr in der Arbeit, als vor deiner Pension.“

„Keine Zeit für Diskussionen“, winke ich ab. „Servus!“

Noch bevor sie etwas erwidern kann, verschwinde ich aus der Küche, ziehe meine Schuhe und Jacke an und verlasse das Haus.

Ich habe geahnt, dass hinter der Sache mehr steckt. Als meine Freunde so nebenbei erwähnt haben, dass die Leute in dem Heim wie die Fliegen sterben, schrillten meine Alarmglocken und ich war mir sicher, dass irgendwas in dem Heim vor sich geht.

Jetzt stellt sich die Frage, was genau passiert ist und wer etwas mit dem Tod der Menschen zu tun haben könnte. Vielleicht haben wir es ja mit einem Todesengel zu tun, der die alten, kranken Menschen von ihren Leiden erlösen möchte. Es gab ja schon des Öfteren solche Fälle.

Wenn wir es wirklich mit so einem gestörten Todesengel zu tun haben, kommt unser kleines Dorf noch in die Bildzeitung und darauf kann ich getrost verzichten. Zu schade, dass Simone bei ihrem Anruf so wage geblieben ist und mich in Unwissenheit ließ. Jetzt muss ich warten bis ich im Revier bin, um alle Einzelheiten zu erfahren.

Ich öffne die Autotür und lenke wenige Sekunden später den Wagen aus meiner Einfahrt. Die ganze Fahrt über zermartere ich mir das Hirn und male mir die verschiedensten Möglichkeiten aus, wie und warum die Opfer getötet wurden.

Als ich endlich im Revier ankomme, haste ich durch den Gang.

„Servus Karl, dir pressierts aber heute“, ruft mir ein Kollege auf dem Flur zu.

„Ja, ich bin eben schwer beschäftigt“, erwidere ich über meine Schulter hinweg nach hinten, ohne dabei meine Schritte zu verlangsamen.

Die Neugierde lässt mich die letzten Meter zum Büro im Laufschritt überwinden. Ich reiße regelrecht die Türe auf und stocke in meiner Bewegung, als ich darin niemanden antreffe.

„Wo zum Teufel sind die zwei?“, rufe ich in den leeren Raum.

„Falls du Simone und Hansi suchst, die sind gerade bei Frau Zellner und gratulieren ihr zum Geburtstag“, informiert mich eine Kollegin, die gerade an meiner Bürotür vorbeikommt.

„Der Labordrache hat Geburtstag?“, frage ich nicht gerade begeistert.

Sie nickt und zuckt dabei entschuldigend mit den Schultern, während sie amüsiert die Mundwinkel verzieht.

Das bedeutet dann wohl, dass ich da jetzt auch hingehen muss, um ihr meine Glückwünsche zu überbringen.

„Gibt es wenigstens Kuchen?“, rufe ich meiner Kollegin hinterher.

„Ich glaube der ist schon weg“, erwidert sie, bevor sie ums Eck verschwindet.

Ich stoße einen kleinen Fluch aus. Wahrscheinlich hat sie lediglich einen Minikuchen ausgegeben. Geiz würde echt zu dem Labordrachen passen. Es wäre natürlich auch möglich, dass meine verfressenen Kollegen einfach schon alles aufgefuttert haben.

Seufzend verlasse ich unser Büro und mache mich auf den Weg ins Labor. Auf halber Strecke kommt mir Hansi entgegen.

„Du bist ja schon da“, begrüßt er mich knapp.

„Ja und was muss ich da als erstes erfahren?“, antworte ich ihm. „Der Kuchen des Labordrachen ist schon aufgefuttert und trotzdem muss ich ihr gratulieren.“

„Tja, schweres Schicksal“, sagt er mitfühlend und klopft mir auf die Schulter, bevor er zu unserem Büro geht.

Ich setze meinen Weg fort und als ich beim Labordrachen ankomme, steht Simone mit ihr Seite an Seite und sie scheinen sich angeregt zu unterhalten. Seit wann versteht sich meine Kollegin mit dem Drachen?

„Herr Ramsauer“, begrüßt der Labordrache mich nicht gerade erfreut.

Man sieht ihr an, dass sie auf meinen Besuch gut und gerne verzichten hätte können.

„Frau Zellner, ich habe gehört Sie haben heute Geburtstag. Herzlichen Glückwunsch.“

Als ich ihr meine Hand entgegenstrecke, zögert sie tatsächlich kurz, bevor sie meinen Glückwunsch annimmt. Sie lächelt ziemlich schief, was wohl bedeutet, dass sie mich genauso mag, wie ich sie. Wir werden wohl in diesem Leben keine Freunde mehr werden.

„Danke“, entgegnet sie knapp und entzieht mir ihr Hand ziemlich schnell wieder.

„Gut, dann bis demnächst“, sage ich nach einer Weile der Stille, um das peinliche Schweigen zu brechen.

Ich wüsste wirklich nicht, über was ich mit dieser Frau reden sollte. Das Einzige, was mich mit ihr verbindet ist die Arbeit. Und selbst da haben wir unterschiedliche Ansichten, was Prioritäten betrifft, denn im Gegensatz zu mir ist sie meistens nicht der Meinung, dass unsere Fälle Vorrang haben.

Mit schnellen Schritten verlasse ich das Labor und stoße erleichtert den Atem aus. Als ich die Bürotür öffne, bleibe ich wie angewurzelt stehen. Hansi schiebt sich gerade eine Gabel von dem Kuchen in den Mund. Das ist es allerdings nicht, was mich sprachlos auf seinen Teller starren lässt. Sondern die Tatsache, dass sich tatsächlich zwei Stück Kuchen darauf befinden.

„Hätte ich mir doch gleich denken können, dass du deinen Hals wieder nicht vollkriegen kannst und keinerlei Rücksicht auf deine Kollegen nimmst“, rufe ich vorwurfsvoll.

„Was denn?“, antwortet er mampfend. „Alle anderen hatten schon was.“

„Aber ich hatte noch keinen“, sage ich vorwurfsvoll.

„Du warst nicht da, als der Kuchen angeschnitten wurde“, verteidigt er sich.

„Jetzt bin ich aber da!“

„Na gut“, lenkt er schließlich ein. „Ich gebe dir ein Stück ab.“

„Genau das wollte ich hören“, sage ich zufrieden. „Ich hole mir eine Tasse Kaffee und einen Teller. Bin gleich wieder da.“

„Mhm“, murmelt Hansi und schiebt eine weitere Gabel voll Kuchen in seinen Mund.

„Aber lass mir ja was über!“, erwidere ich warnend und deute mit meinem Finger auf ihn.

„Wenn du dich nicht beeilst, kann ich für nichts garantieren“, grinst er frech.

Im Laufschritt hetze ich in die Küche, wo ich eine Tasse mit Kaffee fülle und anschließend einen Teller aus dem Schrank hole. Auf dem Tisch steht eine leere Kuchenplatte, worauf sich bis vor kurzem noch der Kuchen befand, von dem ich beinahe nichts mehr abbekommen hätte.

Anschließend hetze ich zurück ins Büro, denn wenn ich Hansi eins zutraue, dann dass er meinen Kuchen auch noch auffuttert, wenn ich nicht schnell genug zurück bin.

# 6. Kapitel

08. Dezember, nachmittags halb drei in Passau

„Klärt ihr mich jetzt endlich mal auf, was Rudis Untersuchungen ergeben haben?“, frage ich kauend, als Simone wieder zurück ist.

Ich spüle den letzten Bissen des Kuchens mit Kaffee hinunter. Eins muss ich dem Labordrachen ja lassen; Kuchen backen kann die Frau.

„Die Frau wurde wohl tatsächlich ermordet“, antwortet Simone.

„Und wie?“, hake ich neugierig nach.

„Es wurden Faserspuren in ihren Atemwegen gefunden. Wie es aussieht, wurde die arme Frau mit einem Kissen erstickt“, führt sie weiter aus.

„Also doch ein Todesengel im Altenheim“, murmle ich. „Dann hat er sicherlich die anderen auch umgebracht und wir haben es mit einem Serientäter zu tun.“

„Das wissen wir natürlich nicht. Die anderen Toten wurden alle eingeäschert und längst begraben. Eine Untersuchung ist also nicht mehr möglich.“

Simone wirkt bedrückt. Offensichtlich gefällt ihr diese Tatsache auch nicht. Es wäre viel einfacher, wenn wir alle Leichen von Rudi hätten untersuchen lassen können. Sollten wir es tatsächlich mit einem Serienmörder zu tun haben, dann wurden unendlich viele Spuren im Krematorium vernichtet.

„Hat Rudi Spuren gefunden, die auf den Täter hinweisen?“, frage ich nach.

„Nein leider nicht.“

Simone schüttelt den Kopf.

„Dann müssen wir im Altenheim nach Spuren suchen“, schlage ich vor.

„Ich weiß nicht, ob das die richtige Vorgehensweise ist“, erwidert Simone stirnrunzelnd. „Wenn der Täter im Altenheim zu finden ist, dann könnten wir ihn so aufscheuchen. Bisher geht er sicherlich davon aus, dass seine Taten unentdeckt geblieben sind. Was sich natürlich ändert, wenn wir im Großaufgebot das Heim auf den Kopf stellen. Außerdem wird in einer solchen Einrichtung überaus gut geputzt und desinfiziert. Vor allem, bevor ein Zimmer neu belegt wird.“

„Du hast recht. Falls Spuren vorhanden waren, sind die wohl längst beseitigt worden“, stimme ich ihr zu. „Aber wie finden wir dann heraus, wer die Alten umgebracht hat?“

„Wie wäre es, wenn wir dich dort einschleusen, damit du für uns verdeckt ermitteln kannst“, schlägt Hansi vor.

„Ich soll als Altenpfleger arbeiten?“, entgegne ich zweifelnd.

Wenn ich mir eins nicht vorstellen kann, dann mich um alte Leute zu kümmern. Ich muss mir nun einmal eingestehen, dass ich nicht für soziale Berufe geeignet bin.

„Du sollst doch nicht dort arbeiten."

Hansi schüttelt den Kopf.

„Was denn dann?", hake ich mit gerunzelter Stirn nach.

„Du sollst dort als Bewohner einziehen."

Ich starre Hansi an und kann nicht glauben, was er da gerade vorgeschlagen hat.

„Ich soll einen alten, pflegebedürftigen Mann spielen?"

Meine Stimme hört sich etwas schrill an, was angesichts der Tatsache, dass Hansi mich als alten Tatterkreis darstellen möchte, nicht sehr verwunderlich ist.

„Na ja, von uns dreien, bist du nun einmal …"

Ich sehe ihn so finster an, dass er augenblicklich verstummt. Allerdings entgeht mir nicht, dass seine Mundwinkel dabei amüsiert zucken. Er hebt abwehrend die Hände und zieht dabei den Kopf ein. Vermutlich, um zu verhindern, dass ich ihn ihm abreiße.

„Ich werde ganz bestimmt nicht den Pflegebedürftigen spielen und mir den Hintern abputzen lassen", knurre ich.

„Vielleicht sollten wir uns zuerst mal die restlichen Bewohner und natürlich die Angestellten ansehen“, schlägt Simone vor.

Wie es scheint ist das ein Versuch meinen Puls wieder etwas zu senken.

„Das können wir ja gerne machen, aber letztendlich bleiben uns nur zwei Möglichkeiten. Entweder wir ermitteln offiziell und nehmen in Kauf, dass der Täter auch noch die verbliebenen Spuren verwischt oder wir versuchen es verdeckt, und hoffen, dass der Täter sich offenbart. Vielleicht schlägt er auch erneut zu und wir erwischen ihn so auf frischer Tat.“

Hansi nimmt einen Schluck aus seiner Kaffeetasse, während ich ihn weiterhin vorwurfsvoll anstarre.

„Ach und ich soll für euch den Köder spielen?“, rufe ich vorwurfsvoll und sehe Hansi ungläubig an.

„Einer von uns muss sich wohl opfern und es soll doch glaubhaft sein.“

Hansis Grinsen ist so breit, dass ich gute Lust hätte, ihm einen Kinnhaken zu verpassen.

„Okay Jungs, bevor ihr euch hier an die Kehle geht, lasst uns doch erst mal die Leute im Altenheim unter die Lupe nehmen“, wirft Simone beschwichtigend ein.

„Du hast Recht, lasst uns das Thema verschieben“, stimmt ihr Hansi zu.

„Ich wäre eher dafür, das Thema nie wieder anzusprechen“, knurre ich und sehe ihn finster an.

Simone schüttelt seufzend den Kopf, bevor sie sich wieder ihrem Bildschirm zuwendet.

„Es wird aber nicht einfach, wenn wir niemanden befragen können, damit keiner erfährt, dass wir ermitteln“, sagt Hansi mit gerunzelter Stirn.

„Was haltet ihr davon, wenn wir die Arbeit aufteilen. Zwei nehmen die Angestellten unter die Lupe und einer kümmert sich um die Opfer“, schlägt Simone vor.

„Karl sollte die Opfer nehmen“, erwidert Hansi und alleine an seinem Grinsen erkenne ich, dass mir seine Begründung nicht gefallen wird.

Simone sieht ihn fragend an, woraufhin er mit den Schultern zuckt.

„Dann kann er sich schon einmal auf die verdeckte Ermittlung vorbereiten.“

Simone lacht auf, schlägt sich aber gleich die Hand vor den Mund, um ihre Belustigung zu unterdrücken. Ich presse meine Zähne aufeinander, so dass meine Kiefer beinahe knacken. Wenn Hansi so weitermacht werde ich meine gute Erziehung vergessen und ihm an die Gurgel gehen.

Ich bin doch definitiv noch nicht so alt, als dass man glauben könnte, ich gehöre in ein Seniorenheim!

Aber ich sollte mich nicht länger darüber aufregen, sonst bekomme ich noch einen Herzinfarkt und brauche tatsächlich einen Pflegeplatz.

„Ich kann auch die Opfer nehmen, wenn es dir lieber ist“, bietet Simone mir an.

„Nein, schon gut“, lehne ich ab. „Ich bin schließlich ein Profi. Hansis Anspielungen lassen mich völlig kalt.“

Vor wegen kalt. Innerlich koche ich. Doch das lasse ich mir natürlich nicht anmerken. Zumindest versuche ich es. Daher mache ich mich über die Patientenakten und Familiengeschichten der Opfer her. Hoffentlich finden wir auf diesem Weg etwas Stichhaltiges, nicht dass ich tatsächlich noch ins Seniorenheim ziehen muss.

Es dauert eine Weile, bis ich die ersten Gemeinsamkeiten der Opfer finde. Keiner von ihnen hatte regelmäßigen Besuch. Während einige keine Familie mehr hatten, gibt es zwei weitere, deren Kinder es wohl nicht für nötig hielten die Eltern zu besuchen. Entweder sie waren zerstritten oder die Kinder haben keinen Anstand und lassen die Eltern links liegen.

Keiner von ihnen hatte schwere Krankheiten oder sonstige Anzeichen, dass sie bald das Zeitliche segnen. Somit können wir vermutlich einen Todesengel ausschließen, der sie von einem Leid erlösen wollte. Das bedeutet dann wohl, dass es andere Gründe geben muss. Dabei hätte die Sache mit dem Todesengel so gut gepasst. Trotzdem stehen die Pflegekräfte auf meiner Liste der Verdächtigen ganz oben.

# 7. Kapitel

09. Dezember, vormittags halb zehn in Passau

„Ich habe da eine Pflegerin, die in finanziellen Schwierigkeiten steckte“, sagt Simone, die dafür gesorgt hat, dass das Pflegepersonal diesbezüglich überprüft werden konnte.

Sie sieht von ihrem Bildschirm auf. „Zumindest bis sie offensichtlich einen überraschenden Geldsegen erhielt. Sie zahlte dreitausend Euro auf ihr Konto ein, kurz nachdem das dritte Opfer verstorben ist.“

„Aber ich glaube nicht, dass die Heimbewohner so viel Geld rumliegen haben“, entgegne ich.

„Womöglich hat sie ja ein Schmuckstück versetzt und den Erlös eingezahlt“, sagt Simone.

„Denkt ihr, die Pflegerin hat die Leute umgebracht, um diese zu bestehlen?“, fragt Hansi zweifelnd.

„Wäre doch möglich“, antwortet Simone schulterzuckend.

„Aber dann hätte sie doch auch einfach Bewohner bestehlen können, die an Demenz litten und gar nicht bemerkt hätten, wenn irgendwas fehlt.“

Hansis Einwand ist berechtigt.

„Die Angehörigen werden in einem solchen Fall ganz sicher nicht zulassen, dass Wertgegenstände im Heim aufbewahrt werden“, werfe ich ein.

Es wäre gut möglich, dass Geldnot sie so hat handeln lassen. Andererseits wäre es ziemlich extrem, wenn die Frau wegen ein paar Euro die alten Leute mit einem Kissen erstickt hätte. Das steht doch in keinem Verhältnis.

„Wir müssen sie dazu befragen“, sagt Simone und legt dabei ihre Stirn in Falten.

„Dann machen wir das doch“, werfe ich ein und ernte dafür fragende Blicke.

„Wollten wir nicht verhindern, dass jemand von unseren Ermittlungen erfährt?“, fragt Hansi.

„Es soll niemand erfahren, dass wir in einem Mordfall ermitteln“, antworte ich.

„Ich verstehe nicht worauf du hinauswillst.“

Hansi schüttelt den Kopf.

„Ich schon“, wirft nun Simone ein, die offensichtlich nicht so begriffsstutzig ist, wie mein alter Kollege. „Wir befragen sie einfach zu einem Diebstahlsverdacht.“

Ich nicke ihr zustimmend zu, bevor ich mich an Hansi wende.

„Sie ist definitiv ein schlaues Mädchen“, grinse ich Hansi an.

„Willst du damit etwa sagen, dass ich blöd bin?“, fragt er vorwurfsvoll.

Ich wackle etwas mit dem Kopf.

„Das hast jetzt du gesagt.“

Während Simone sich das Lachen verkneift, sieht Hansi mich finster an. So ist er mein alter Freund. Er kann zwar austeilen aber nicht einstecken.

„Geht das heute schon wieder los“, wirft Simone nach einer Weile tadelnd ein, wobei man ihr deutlich anmerkt, dass sie den Schlagabtausch zwischen Hansi und mir ganz amüsant findet.

„Er hat angefangen“, entgegnet Hansi und zeigt wie ein kleiner Junge mit dem Finger auf mich.

„Schluss jetzt mit den Kindereien!“, befiehlt Simone harsch. „Wir sollten uns auf den Fall konzentrieren.“

„Okay, ich fahre jetzt mit einem Kollegen zu der Verdächtigen und befrage sie.“

Simone steht auf, stützt ihre Hände auf dem Schreibtisch ab und beugt sich vor. Mit zusammengekniffenen Augen sieht sie uns warnend an.

„Ihr beide bleibt hier, bis ihr euch wieder wie Erwachsene verhaltet.“

Anschließend stößt sie sich vom Schreibtisch ab, zieht ihre Jacke an und verlässt das Büro. Hansi und ich sehen uns überrascht an.

„Wie wär´s, wenn wir in der Zwischenzeit was Essen gehen?“, fragt er nach einer Weile.

„Das ist eine gute Idee“, stimme ich ihm sofort zu.

Mein Frühstück ist sowieso längst verdaut und meiner Frau habe ich gesagt, dass ich erst zum

Abendessen wieder zu Hause bin. Da bietet es sich an, mittags eine reichhaltige Mahlzeit zu sich zu nehmen, denn heute Abend gibt es sicherlich wieder Diätkost.

Als wir das Revier verlassen, fährt Simone mit einem Kollegen gerade mit dem Streifenwagen an uns vorbei. Sie hält an und lässt das Fenster herunter.

„Was habt ihr denn vor?“, fragt sie.

„Wir gehen was essen“, antwortet ihr Hansi.

„Ach, wenn es ums Essen geht, dann seid ihr euch gleich wieder einig“, entgegnet sie vorwurfsvoll.

Kopfschüttelnd schließt sie das Fenster, bevor sie davonfährt.

„Wenn wir uns gegenseitig anstacheln passt es ihr nicht, und wenn wir uns vertragen, passt es ihr auch nicht“, murmle ich, als wir den Weg zum Gasthaus um die Ecke einschlagen.

„Verstehe einer die Frauen“, brummt Hansi.

„Was darf ich euch denn bringen?“, fragt die Kellnerin mit dem schönen Dirndl.

Ich mag ja so urige Wirtshäuser, in denen bayerisches Essen serviert wird.

„Ich hätte gerne ein Radler und die Ente, bitte“, ordere ich. „Ach und packen Sie doch bitte noch einen zweiten Knödel drauf.“

„Natürlich, gerne“, entgegnet sie und sieht anschließend zu Hansi.

„Ich nehme das gleiche.“

Als die Kellnerin unseren Tisch wieder verlässt, sieht Hansi zu mir auf.

„Ich hatte schon ewig keine Ente mehr."

„Ja, ich auch nicht, und so wie meine Frau drauf ist, befürchte ich, dass sich das auch nicht mehr ändern wird", seufze ich.

„Du hast wenigstens eine Frau."

„Sag mal, ist mit dir was?", frage ich ihn, weil er mir schon den ganzen Tag etwas bedrückt vorkommt.

„Ich habe gestern die Scheidungsunterlagen bekommen", gibt er nach kurzem Zögern zu.

„Von deiner Ex?", frage ich überrascht.

Er nickt.

„Ja endlich", rufe ich erleichtert aus.

„Spinnst du?", entgegnet er mit verbissener Miene. „Wie kannst du dich darüber freuen?"

Entgeistert sehe ich ihn an.

„Die Frage ist, warum freust du dich nicht darüber, diese Hexe endlich loszuwerden?"

„Eine Scheidung ist so endgültig."

Er wirkt wirklich jämmerlich, wenn ich das mal so sagen darf, was ich natürlich nicht tue.

„Du willst mir jetzt nicht erzählen, dass du noch immer an dieser Frau hängst?"

„Nein, ich hänge nicht mehr an ihr. Dennoch haben wir auch eine schöne gemeinsame Zeit gehabt."

Das kann unmöglich sein Ernst sein. Eigentlich müsste er einen Freudentanz aufführen, dass er endlich die Möglichkeit hat, einen Schlussstrich unter seine Ehe zu machen. Stattdessen scheint er noch immer auf eine Wiedervereinigung zu hoffen.

„Hansi, zieh endlich diese Scheidung durch und vergiss diese berechnende Hexe anschließend für immer!“

Ich kann ihn in dieser Sache wirklich nicht verstehen. Es sollte für ihn eine Erlösung sein, die Fesseln dieser Ehe endlich loszuwerden. Stattdessen bläst er hier Trübsal und sieht aus, als wäre ihm eine verdammt große Laus über die Leber gelaufen.

„Vielleicht hast du ja recht“, seufzt er und nimmt einen großen Schluck aus seinem Bierglas, als die Kellnerin dies vor ihm abstellt.

„Ich habe ganz sicher recht“, sage ich nachdrücklich.

# 8. Kapitel

09. Dezember, nachmittags halb zwei in Passau

Simone betritt das Büro, legt ihre Jacke ab und lässt sich seufzend auf ihren Stuhl fallen.

„Ich hoffe die Herren haben fürstlich gespeist?“, fragt sie mit einem Anflug von Vorwurf in der Stimme.

„Die Ente mit Blaukraut und Kartoffelknödel war vorzüglich“, entgegnet Hansi und reibt sich dabei genüsslich den Bauch.

Simone stößt seufzend den Atem aus.

„Während ihr euch den Wanst vollgeschlagen habt, musste ich arbeiten.“

„Du warst es ja, die uns nicht dabeihaben wollte“, entgegne ich.

„Weil ihr euch, wie zwei kleine Kinder gezankt habt. Wenn ich gewusst hätte, dass ihr euren Streit so schnell beilegt, dann hätte ich euch schon mitgenommen.“

„Wir haben nicht gestritten“, wehrt Hansi kopfschüttelnd ab.

„Wenn überhaupt, dann war es ein gegenseitiges Ansticheln und Aufziehen“, stimme ich Hansi zu.

„Ach, und jetzt versteht ihr euch schon wieder blendend und seid einer Meinung.“

„Natürlich, so ist das bei alten Freunden“, nickt Hansi und grinst Simone an.

„Gibt’s was Neues?“, lenke ich das Gespräch zurück auf unsere Arbeit.

„Die Frau konnte den Geldeingang belegen. Sie hat das Geld nicht von den Pflegebedürftigen geklaut“, antwortet Simone.

„Und woher hatte sie das Geld?“, hake ich nach.

„Die Großmutter der Frau ist gestorben und die Eltern haben deren Auto verkauft. Dieses Geld wurde unter den beiden Enkeln aufgeteilt“, erzählt sie.

„Daher kam also die Einzahlung“, murmle ich nachdenklich.

„Und jetzt?“, fragt Hansi nach einer Weile.

Als ich aufblicke, werde ich von meinen beiden Kollegen angestarrt. Der Ausdruck in ihren Gesichtern gefällt mir nicht, denn er bedeutet nichts Gutes.

„Hansis Idee war vielleicht gar nicht so schlecht“, sagt Simone schließlich zögerlich.

Ich schüttle zaghaft den Kopf.

„Nein, das könnt ihr nicht von mir verlangen.“

„Es wäre ja nur für eine kurze Zeit“, erwidert Hansi sichtlich belustigt.

Er genießt es wirklich mich ins Altenheim abzuschieben.

„Und wie stellt ihr euch das vor?“, frage ich aufgebracht. „Soll ich vielleicht so tun, als hätte ich Demenz oder sonst eine schlimme Krankheit? Außerdem können die doch meine Krankengeschichte nachverfolgen, wenn sie meine Krankenunterlagen anfordern.“

„Die Kollegen der IT erstellen dir ein Fakeprofil. Damit können wir dich einliefern lassen und einfach etwas erfinden“, antwortet Simone.

„Und an welche Krankheit denkst du da?“, frage ich neugierig.

„Eine, die man dir abkauft.“

Simone zieht ihre Augenbrauen zusammen und wirkt nachdenklich.

„Welche Krankheit kann man denn vortäuschen, die einen ins Seniorenheim bringt?“

„Das muss gar keine Krankheit sein. Es reicht schon, wenn er behauptet zu Hause alleine nicht mehr bleiben zu können.“

„Dann musst du ja einfach nur so tun, als hättest du körperliche Beschwerden, und dass du alleine zu Hause nicht zurechtkommen würdest, ist ja nicht einmal gelogen.“

Hansi grinst mich frech an.

„Was soll das denn heißen?“, rufe ich aufgebracht. „Natürlich würde ich alleine zurechtkommen.“

„Jetzt sind wir mal ehrlich. Ohne deine Rosi würdest du doch verhungern.“

Ich sehe ihn finster an.

„Also gewissermaßen ist es ja gar nicht gelogen."

Er zwinkert mir zu und Simone lacht laut auf.

„Ihr seid so blöd", knurre ich.

„Komm schon, Karl. Unsere ganze Hoffnung ruht nun auf deinem schauspielerischen Talent."

Simone sieht mich mit großen Augen an und klimpert dabei mit den Wimpern. Sie entlockt mir damit ein Schmunzeln. Wie könnte ich ihr denn da was abschlagen?

„Ist ja gut, ich mache es", gebe ich schließlich nach. „Aber ich bin ziemlich sicher, dass es in die Hose geht."

„Das geht nicht in die Hose, dafür werden wir schon sorgen", versichert mir Simone.

„Dann gehen wir es an!", ruft Hansi und klatscht dabei in die Hände.

Für meinen Geschmack ist er viel zu euphorisch.

„Ich besorge dir eine gefälschte Identität und Krankenakte. Würde man ihm gute siebzig Jahre abnehmen?", fragt Simone Hansi.

Während ich zum Protest ansetze nickt Hansi zustimmend.

„Wenn er etwas gebückt geht", entgegnet er. „Ich besorge dir einen Hagelstegga."

Als ob ich schon so alt aussehen würde!

„Wir brauchen noch eine gute Story", wirft Simone voller Tatendrang ein.

Offensichtlich ist sie auch ganz begeistert davon mich in das Altenheim abzuschieben.

„Was haltet ihr von dieser: Deine Frau ist kürzlich verstorben und da du körperlich nicht mehr so fit bist und keine Angehörigen hast, willst du in ein Heim gehen, um keinem zur Last zu fallen."

„Das ist gut, das nehmen wir", stimmt Hansi umgehend zu.

Obwohl meine Meinung sowieso nicht mehr gefragt ist, kann ich mir einen Kommentar nicht verkneifen.

„Da wird sich meine Rosi aber freuen", brumme ich grimmig.

„Ach, die macht da schon mit", sagt Simone zuversichtlich.

„So wie ich sie kenne, findet sie die Idee ganz lustig. Außerdem hat sie dich dann ein paar Tage los. Das ist für sie sicherlich wie Urlaub."

„Das glaube ich nicht", protestiere ich. „Aber was debattiere ich da eigentlich mit dir?"

Ich winke ab und stehe auf.

„Ruf mich an, wenn du weißt, wann ich einen Platz bekomme. Bis dahin weihe ich Rosi in unseren Plan ein und packe meine Sachen."

„Sag deiner Frau einen schönen Gruß von uns", ruft Hansi mir hinterher, als ich das Büro verlasse.

Ich rolle mit den Augen und schüttle den Kopf. Worauf habe ich mich da nur wieder eingelassen?

Meine Frau wird sicherlich nicht sehr erfreut darüber sein, wenn sie erfährt, dass sie für mehrere Tage alleine im Haus ist. Ich bin ja nie länger als einen Tag weg, wenn man von zwei oder drei kurzen Krankenhausaufenthalten mal absieht. Aber das waren alles immer nur Kleinigkeiten, bei denen ich nach drei bis vier Tagen wieder nach Hause durfte.

Jetzt weiß ich ja noch nicht einmal wie lange ich dort ausharren muss. Es kommt schließlich darauf an, wann ich den Täter ausfindig machen kann und das wird sicherlich nicht innerhalb eines Tages geschehen.

Ich stelle mich mal auf mindestens eine Woche ein, vielleicht auch mehr.

Kein Wunder, dass mir der Plan so gar nicht gefällt. Ich hasse es nämlich nicht in meinem eigenen Bett zu schlafen. Mal davon abgesehen, dass ich keinen Gehstock brauche und auch keine siebzig Jahre alt bin.

Wenn ich gerne in fremde Rollen schlüpfen würde, dann wäre ich schließlich Schauspieler geworden. Aber mit mir können sie es ja machen!

# 9. Kapitel

09. Dezember, abends halb sieben in Niederhaibach

Ich stochere in dem Kartoffelauflauf herum, wobei die Bezeichnung des Gerichtes nicht ganz zutreffend ist. Immerhin befindet sich in dem Auflauf wesentlich mehr Gemüse, als Kartoffeln. Ich würde mal sagen, der Begriff ist irreführend. Ein Glück, dass ich heute Mittag die Ente bestellt hatte.

„Schmeckt´s dir nicht?“, fragt Rosi mich plötzlich.

„Doch, aber ich habe keinen so großen Hunger“, flunkere ich.

Es ist nur zum Teil gelogen, denn durch die riesige Portion heute Mittag ist mein Hunger tatsächlich nicht so groß. Aber der Geschmack des Gerichtes ist tatsächlich nicht so meins. Für mich muss ein Auflauf mit Käse überbacken sein und die Soße sollte eine cremige Konsistenz haben. Beides fehlt hier, was wohl daran liegt, dass meine Frau fettreduziert gekocht hat. Das heißt, weder Sahne noch Käse befinden sich in dem Gericht oder zumindest nur sehr wenig davon.

Zweifelnd sieht sie mich an, woraufhin ich gleich noch ein Stück Kartoffel aufspieße und es mir in den Mund schiebe. Ich hoffe ja wirklich, dass es in der

Einrichtung anständiges Essen gibt. Ansonsten bin ich da schneller wieder draußen, als Hansi und Simone sich das vorstellen können.

Als erstes muss ich es noch Rosi beibringen und ich befürchte, das gibt gleich ein großes Drama.

„Wir haben da einen komplizierten Fall und müssen zu besonderen Mitteln greifen."

Rosi sieht mich stirnrunzelnd an.

„Und was sind das für besondere Mittel?", fragt sie nach.

„Ich soll verdeckt ermitteln", gestehe ich ihr schließlich.

„Du?", fragt sie überrascht. „Aber warum denn ausgerechnet du, wo du doch eigentlich schon in Pension bist."

Ich seufze schwer, denn es gibt wahrlich besser Gründe mit denen man angeben könnte.

„Weil ich der Älteste bin", gestehe ich schließlich.

Fragend sieht sie mich an.

„Ich soll einen Altenheimbewohner spielen."

Rosis Gesichtszüge entgleiten ihr für einen Moment, doch dann fängt sie an, amüsiert zu lachen. Sie versucht gar nicht erst ihre Belustigung zu verbergen, was mich wirklich trifft.

„Ich finde das nicht so lustig", sage ich vorwurfsvoll, denn mir gefällt ihre Reaktion ganz und gar nicht.

„Ich schon", ruft sie und lacht erneut laut auf.

Sie hält sich den Bauch und kriegt sich kaum mehr ein. Offensichtlich finden alle anderen diese Sache super lustig. Kein Wunder, schließlich bin ich es, der sich zum Affen machen muss oder besser gesagt, als etwas ausgeben, was ich definitiv nicht in meiner Zukunft haben möchte.

„Ich muss da auf ungewisse Zeit wohnen."

Vielleicht hat meine Frau noch nicht so ganz verstanden, welche Konsequenzen dieser Einsatz hat.

„Mhm."

„Es könnten auch mehrere Wochen werden", sage ich nachdrücklich.

„Schon gut, ich besuche dich dann auch einmal", entgegnet sie für meine Begriffe viel zu ruhig.

Wie es aussieht macht ihr das gar nichts aus. Sie sollte sich wirklich mehr darum sorgen, dass sie womöglich wochenlange alleine ist.

„Du kannst mich nicht besuchen, weil ich unter falschem Namen dort sein werde."

„Dann besuche ich dich eben unter falschen Namen", erwidert sie schulterzuckend.

„Das geht leider auch nicht, weil ich vorgeben muss, keine Angehörigen mehr zu haben."

Nun sollte sie aber wirklich betroffen sein. Immerhin waren wir noch nie so lange voneinander getrennt.

„Na gut, dann eben nicht", sagt sie stattdessen schulterzuckend.

„Das macht dir gar nichts aus?", frage ich irritiert.

„Was soll mir das denn ausmachen?“, entgegnet sie stirnrunzelnd.

„Dir ist schon klar, dass ich da auch nicht schnell mal vorbeikommen kann?“

„Ja, ja, das ist mir schon klar.“

Sie isst völlig unbeeindruckt weiter. Ich sehe sie ungläubig an. Mit so einer desinteressierten Reaktion hätte ich wirklich nicht gerechnet. Ich dachte vielmehr, sie würde sich schrecklich sorgen. Nicht nur um sich selbst, wenn sie alleine im Haus wäre, sondern auch um mich.

„Warum siehst du mich so an?“, fragt sie stirnrunzelnd.

„Für meine Begriffe nimmst du das Ganze zu leicht.“

„Zu leicht?“

„Solltest du nicht ein bisschen … na ja … traurig sein?“

„Warum sollte ich traurig sein?“

„Weil ich für viele Tage, vielleicht sogar Wochen weg bin?“

„Hast du etwa Angst, dass ich mich alleine daheim fürchte?“, fragt sie nach.

„Vielleicht“, erwidere ich.

„Da brauchst du dir keine Sorgen machen. Ich fürchte mich schließlich auch nicht, wenn du im Wirtshaus bist.“

„Aber vermissen wirst du mich doch?“

Bei meiner Frage sieht sie mich mit hochgezogener Braue an.

„Wir sind seit Jahrzehnten verheiratet. Ich denke nicht, dass ich umkomme, nur weil ich ein paar Tage ohne dich sein muss.“

Ich sollte wirklich beleidigt sein. Wenn es umgekehrt wäre, dann wäre mir definitiv unwohl. Die Vorstellung so lange ohne meine Frau zu sein, würde mir missfallen. Ich frage mich, warum das andersrum nicht auch so ist.

„Wann musst du denn los?“, fragt sie.

Kann es sein, dass sie es kaum erwarten kann, mich los zu werden?

„Das weiß ich noch nicht“, antworte ich und sehe sie nachdenklich an. „Es macht den Anschein, als würdest du dich darüber freuen, dass ich eine Weile nicht da sein werde.“

„Mein Gott, du dramatisierst das aber auch“, ruft sie und steht auf, um den Tisch abzuräumen. „Was würde es denn helfen, wenn ich jetzt Trübsal blase? Würdest du dann etwa zu Hause bleiben?“

„Wenn du völlig dagegen wärst, würde ich das natürlich. Hansi und Simone würden es sicher verstehen, wenn ich es ihnen erkläre.“

Meine Frau sieht mich erst stirnrunzelnd an, doch dann verziehen sich ihre Mundwinkel zu einem Schmunzeln.

„Du willst das gar nicht machen, oder?“

„Was meinst du damit?“, frage ich irritiert nach.

„Es gefällt dir nicht, dass sie dich ins Altersheim schicken“, grinst sie nun sichtlich belustigt.

„Würde es dir denn gefallen, wenn du dahin müsstest?“, entgegne ich.

„Na ja, du musst ja nur so tun, als wärst du pflegebedürftig.“

Sie zuckt mit der rechten Schulter und schüttelt dabei den Kopf. Ich hingegen seufze tief. Meine Frau hat ja recht. Mich stört dieser bescheuerte Plan gewaltig. Dennoch komme ich aus der Sache nicht raus, denn ich möchte natürlich zu der Lösung des Falls beitragen. Auch wenn das bedeutet, dass ich diesen Mist durchziehen muss.

# 10. Kapitel

10. Dezember, nachmittags halb drei in Niederhaibach

Ich liebe die Adventszeit, vor allem, da meine Frau leckere Plätzchen gebacken hat. In der Vorweihnachtszeit ist sie nicht so streng mit meiner Diät und jetzt, da ein Plätzchenteller auf dem Tisch steht, bedeutet das wohl, dass es gleich Kaffee und diese Leckereien gibt.

„Bis Weihnachten bist du aber schon wieder daheim, oder?“, fragt sie, als sie die Kaffeetassen auf den Tisch stellt.

„Bist du doch etwas besorgt, dass ich zu lange weg sein könnte?“

„Na ja, Weihnachten kommt Robert mit seiner Familie. Da willst du doch sicher da sein?“, antwortet sie.

„Also wenn wir bis Heiligabend keine neuen Erkenntnisse haben, dann breche ich die Sache ab. Die Feiertage verbringe ich bestimmt nicht in einem Altersheim“, entgegne ich bestimmt.

Rosis Mundwinkel zucken belustigt.

„Na dann sind es ja nicht mal zwei Wochen, bis du wieder heimkommst und das auch nur, wenn Simone noch diese Woche für dich einen Platz bekommt."

„Ich hoffe mal, dass ein paar Tage reichen, damit ich herausbekomme, was dort vor sich geht."

Eigentlich gehe ich ja davon aus, dass ich die Sache innerhalb weniger Tagen auflösen kann. Immerhin bin ich ein guter Polizist, weshalb man mich ja auch wieder aus dem Ruhestand zurückbeordert hat.

Als das Telefon klingelt, räumt Rosi gerade die Spülmaschine ein. Daher stehe ich auf und werfe einen Blick auf das Display. Als ich sehe, dass es das Revier ist, bin ich versucht das Gespräch nicht anzunehmen. Eigentlich möchte ich gar nicht wissen, wann ich einrücken muss.

Seufzend drücke ich den grünen Knopf, denn letztendlich entkomme ich dem Ganzen sowieso nicht.

„Servus Karl, deine falsche Identität ist fertig. Du kannst heute noch dort einchecken", begrüßt mich Simone. „Ist das nicht toll?"

„Ganz toll", entgegne ich wenig begeistert.

„Ist es okay, wenn ich dich in einer Stunde abhole?"

„Du bringst mich also hin?"

„Ja, und vorher gebe ich dir noch alle nötigen Informationen über deine neue Identität."

„Alles klar, ich packe meine Sachen. Aber eins kann ich dir sagen, an Weihnachten bin ich da wieder raus!“

„Versprochen, selbst wenn ich dich eigenhändig aus den Fängen der bösen Pfleger befreien muss“, entgegnet sie scherzend.

Nach dem Telefonat gehe ich in die Küche.

„Simone holt mich in einer Stunde ab und bringt mich ins Heim“, erzähle ich meiner Frau.

„Das ging jetzt aber verdammt schnell“, erwidert Rosi.

Wie es scheint ist sie nun doch etwas angespannt. Ganz so kalt, wie sie mich glauben lassen wollte, lässt sie mein vorübergehender Auszug wohl doch nicht.

„Ja, da hatten sie wohl gerade einen Platz frei oder Simone hat sich ganz besonders dafür eingesetzt.“

„Ich gehe dann mal meine Sachen packen.“

„Warte, ich helfe dir.“

Ich bin wirklich erleichtert, dass es meiner Frau doch nicht vollkommen egal ist, wenn ich für viele Tage das Haus verlasse.

Im Schlafzimmer angekommen, hole ich den Koffer vom Schrank, während Rosi meine Wäsche aus dem Schrank nimmt. Wenn ich ehrlich bin, muss ich zugeben, dass meine Frau definitiv besser weiß, was in einen Koffer muss.

Wenn wir wirklich mal in Urlaub fahren, dann ist Rosi für das Kofferpacken zuständig und ich bin der Kofferträger. Daher bin ich ihr wirklich dankbar, dass sie auch in diesem Fall diese Aufgabe übernimmt, während ich ihr lediglich dabei zusehe.

„Willst du dieses Hemd mitnehmen?“, fragt sie, nachdem sie bereits Unterwäsche und Socken verstaut hat.

Ich nicke und deute auf die Weste, die neben dem Hemd im Schrank hängt.

„Und die Strickjacke. Wer weiß, ob die dort anständig heizen.“

„Ich packe dir auch noch den warmen Jogginganzug ein“, entgegnet Rosi. „Und einen warmen Schlafanzug. Nicht, dass du mir mit einer Erkältung nach Hause kommst.“

Als es klingelt, öffnet meine Frau die Haustür.

„Servus Simone, magst einen Kaffee?“, höre ich Rosi sagen.

„Ja, sehr gerne“, entgegnet sie, während ich den schweren Koffer vom Schlafzimmer in den Flur schleppe.

„Ich habe dir die Eckdaten deiner vorübergehenden Identität hier aufgeschrieben.“

Simone schiebt mir eine Mappe über den Tisch. Sie hat darin alles fein säuberlich aufgelistet. Mein neuer Name, mein falsches Alter und der Familienstand, der glücklicherweise in Wahrheit nichtzutreffend ist. Es muss schrecklich sein, ganz alleine auf dieser Welt zu sein.

„Du bist meine Betreuerin?“, frage ich Simone überrascht, als ich weiterlese.

„Ja, ich darf die nächsten Tage über dich entscheiden.“

Sollte ich mir Sorgen machen, dass sie bei ihrer Aussage so grinst?

„Das ist die einzige Möglichkeit, wie ich dich besuchen kann, ohne dass es auffällig wäre.“

Ihre Erklärung ist einleuchtend, dennoch ist das Gefühl, das eigene Leben in die Hände eines anderen Menschen zu legen, ungewöhnlich und nicht gerade angenehm. Genau genommen könnte Simone dafür sorgen, dass ich in dem Heim bleiben muss. Zumindest so lange, bis meine Frau Alarm schlagen würde.

Was sie sicherlich sehr schnell tun würde. Zumindest hoffe ich das.

Mir wird bewusst, dass ich ab dem Zeitpunkt, in dem ich das Heim unter dieser falschen Identität betrete, nicht mehr selbstbestimmt handeln kann. Wenn ich ehrlich bin, ist das beängstigend. Ich schiebe die finsteren Gedanken beiseite.

Das hier ist lediglich vorübergehend und spätestens an Weihnachten ist dieser Mist vorbei.

„Warum brauche ich eine Betreuerin?“, hake ich nach.

„Ich bin lediglich die Ansprechpartnerin für das Seniorenheim. Es handelt sich um keine richtige Betreuung, denn es liegt ja laut deiner gefakten

Krankenakte keine Demenz oder dergleichen vor“, erklärt Simone. „Du bist noch voll geschäftsfähig.“

„Das sagst du jetzt?“, entgegne ich zynisch.

„Keine Sorge, ich werde deine Krankenakte nicht umschreiben“, beruhigt sie mich.

Ich werfe Rosi einen verunsicherten Blick zu.

Sollte es mich beunruhigen, dass sie bei Simones Aussage schmunzelt?

Wenn sich die beiden zusammentun, dann bin ich verloren.

„Wenn du mich da nicht wieder rausholst …“, sage ich und zeige drohend mit dem Zeigefinger auf Simone.

„Ich hole dich auf jeden Fall“, versichert sie mir.

„Und falls nicht, dann greife ich ein“, bestätigt Rosi.

„Na, dann kann ja nichts mehr schiefgehen“, seufze ich.

Noch ein letztes Mal überfliege ich meine neue Identität und präge mir alles Wichtige ein. Mir darf kein Fehler unterlaufen, um nicht aufzufliegen. Auch wenn ich den Einsatz nicht gerne mache, werde ich dennoch alles tun, damit er erfolgreich wird.

# 11. Kapitel

10. Dezember, abends halb fünf in Niederhaibach

Als Simone auf den Parkplatz einbiegt, steigt bei mir die Anspannung. Auf dem Hof befinden sich einige alte Leute, die da spazieren gehen und auf den Bänken sitzen. Die Anlage wirkt eigentlich recht neu und modern. Was hier wohl so ein Pflegeplatz kostet?

„Schau dir das an. Da laufen ja lauter alte Leute rum.“

Simone sieht mich mit hochgezogenen Augenbrauen an.

„Du weißt schon, dass viele von denen nur unwesentlich älter sind als du?“, fragt sie mich.

„Unwesentlich?“, frage ich ungläubig. „Tu tust ja so, als wäre ich kurz vorm abkratzen.“

„Nein, du tust so, als wären die Bewohner hier kurz vorm abkratzen“, entgegnet sie vorwurfsvoll.

Ich werfe ihr einen finsteren Blick zu.

„Ach, bevor ich es vergesse“, sagt sie und wendet sich um. „Den hier soll ich dir mit einem schönen Gruß vom Hansi überreichen.“

Sie gibt mir einen Gehstock und grinst dabei schadenfroh.

„Ein Wunder, dass Hansi ihn mir nicht selbst gegeben hat.“

„Glaub mir das wollte er unbedingt“, sagt sie lachend. „Aber ich dachte, es wäre besser ihn nicht mitzunehmen.“

„Ja, damit hast du vermutlich richtig gelegen“, stimme ich ihr zu.

Ich kann mir sehr gut vorstellen, mit welcher Genugtuung Hansi mir den Stock in die Hand gedrückt hätte, um mir anschließend dabei zuzusehen, wie ich damit in dem Altenheim verschwinde. Das natürlich im Schneckentempo.

Wir steigen aus und ich gehe zu Simones Kofferraum. Als ich diesen öffne, um meinen Koffer herauszuholen, steht plötzlich Simone neben mir.

„Was machst du da?“, fragt sie vorwurfsvoll.

„Meinen Koffer rausholen“, antworte ich ihr.

„Das mache ich“, flüstert sie mir zu und greift nach meinem Koffer.

„Ich habe ihn doch auch da reingehoben.“

„Ja, aber da warst du auch noch der Karl Ramsauer, und nicht Josef Schmitz“, entgegnet sie und benutzt zum ersten Mal meinen Tarnnamen.

Ich schüttle den Kopf und wende mich ab.

„Du hast deinen Gehstock nicht umsonst“, knurrt sie mir hinterher. „Du solltest ihn benutzen!“

„Jetzt sieht mich ja noch keiner“, brumme ich.

„Es ist jetzt wirklich an der Zeit in deine Rolle zu schlüpfen“, sagt sie streng. „Ansonsten wird dir das Schauspiel nicht gelingen.“

„Schon gut“, seufze ich und stelle den Gehstock auf den Boden.

Als ich die ersten Schritte mache, gelingt es mir nicht so ganz, diesen richtig einzusetzen.

„Vielleicht hätte ich das vorher etwas üben sollen“, murmle ich, während ich neben Simone zum Eingang gehe.

„Du musst dich etwas mehr auf den Stock stützen, sonst sieht das nicht echt aus“, belehrt sie mich.

Ich komme ihrer Aufforderung nach und schon nach ein paar Schritten fühle ich mich wie ein uralter Mann. Als wir die Eingangstür passieren, steuert Simone den Empfangstresen an.

„Guten Tag, ich bringe Herrn Josef Schmitz. Er ist angemeldet.“

Die junge Frau hinter dem Tresen begrüßt uns freundlich. Allerdings kann ihre Jugendlichkeit nicht darüber hinwegtäuschen, wo wir uns gerade befinden. Es riecht hier sogar nach alt, wobei es natürlich möglich ist, dass ich mir das nur einbilde.

„Herzlich Willkommen in unserer Einrichtung. Ich würde Ihnen als erstes Ihr Zimmer zeigen und anschließend den Speisesaal. Dort gibt es um achtzehn Uhr das Abendessen.“

Sie lächelt freundlich, doch das hebt meine Laune nicht im Geringsten. Ich möchte ja gar nicht abstreiten, dass es hier sehr schön eingerichtet ist. Nicht wie erwartet, alt und modrig, sondern vielmehr modern, hell und freundlich. Trotzdem ist und bleibt es ein Altersheim und wenn ich nicht aufpasse, dann gehe ich hier um einiges älter raus, als ich hereingekommen bin.

„Das hier ist Ihr Zimmer“, trällert die Frau und macht ein Gesicht, als hätte sie mir gerade meine Luxussuite gezeigt. „Richten Sie sich in Ruhe ein und ich komme um kurz vor achtzehn Uhr, um Sie in den Speisesaal zu bringen.“

Als die junge Pflegerin den Raum verlassen hat, stellt Simone meinen Koffer ab.

„Ist doch ganz schön hier“, sagt sie schulterzuckend.

„Ja, wunderschön.“

Meine Begeisterung ist nicht so ausgeprägt, wie die ihre. Doch sie ist es ja auch nicht, die hier die nächsten Tage verbringen muss.

„Was ist eigentlich, wenn ich hier auf jemanden treffe, der mich als Karl Ramsauer erkennt?“

„Ich habe das natürlich überprüft. Alle Angestellten sind nicht aus Niederhaibach und auch von den Bewohnern sind derzeit nur drei von hier und der Umgebung und diese sind in der Demenzabteilung untergebracht. Selbst wenn sie dich erkennen, würde ihnen niemand glauben.“

„Du hast also an alles gedacht“, stelle ich seufzend fest.

Das war meine letzte Hoffnung, dass Simone mich wieder mitnehmen würde. Aber wie es scheint, hat sie meinen Aufenthalt hier verdammt gut durchgeplant.

„Ich gehe dann mal."

„Könntest du nicht noch ein wenig bleiben?", frage ich.

Die Vorstellung hier alleine in dem Zimmer zu hocken, missfällt mir.

„Das würde auffallen. Immerhin bin ich lediglich eine Art Betreuerin für dich und habe keinen persönlichen Bezug zu dir."

Ich sehe sie fragend an.

„Ich meine natürlich zu deinem erfundenen ich", hängt sie an. „Hör zu, ich komme bald wieder vorbei, um nach dir zu sehen."

„Bringst du mir dann was Anständiges zu Essen mit?", frage ich sie.

„Auf jeden Fall", sagt sie nickend. „Halt die Ohren steif!"

Sie zwinkert mir zu, bevor sie mein Zimmer verlässt. Als sie weg ist, fühle ich mich plötzlich schrecklich alleine. Das hier gefällt mir nicht und dennoch bin ich wildentschlossen die Sache durchzuziehen. Je eher ich mich an die Arbeit mache und herausfinde, ob und wer hier etwas mit den Todesfällen zu tun hat, desto eher kann ich hier wieder raus.

Ich schnappe mir meinen Gehstock und bemühe mich so auszusehen, als wäre ich körperlich eingeschränkt. Anschließend verlasse ich mein Zimmer und mache mich auf den Weg durch die Gänge, um die Einrichtung zu erforschen. Ich muss die Leute hier kennenlernen, um etwas über sie zu erfahren.

Auf dem Flur begegne ich einem Pfleger.

„Hallo, Sie müssen unser Neuzugang sein“, begrüßt er mich freundlich.

Ich erwidere seine Begrüßung und stelle mich vor. Natürlich unter meinem falschen Namen, so wie es mein Auftrag ist. Der junge Mann wirkt freundlich und aufgeschlossen und ich nutze die Gelegenheit, um ihm gleich mal auf den Zahn zu fühlen.

Allerdings muss ich dabei wirklich aufpassen, um mich nicht zu verraten. Lügen ist normalerweise nicht so mein Fall, mal abgesehen von kleinen Flunkereien. Aber das hier, verlangt mir einiges ab, um mich nicht zu verplappern.

## 12. Kapitel

10. Dezember, abends halb sieben in Niederhaibach

Ich starre auf den Teller vor mir das Essen an und stelle fest, dass ich meiner Frau wirklich unrecht getan habe. Wie es scheint sind die Ärzte meiner erfundenen Persönlichkeit der Meinung, ich bräuchte Diätkost. Das was mir hier vorgesetzt wird, hat mit Geschmack rein gar nichts zu tun.

Es fehlt definitiv Salz, um das viele Gemüse auf dem Teller runter bringen zu können. Das kleine Stück Hühnchenfleisch ist furztrocken und völlig ohne Geschmack, genauso wie die drei Minikartoffeln, die sich noch auf dem Teller befinden.

Ich würde sagen die Menge ist sehr übersichtlich, was aber nicht dramatisch ist, da mir der Appetit sowieso vergangen ist. Seufzend lege ich das Besteck auf dem Teller ab und decke die Reste mit der Serviette zu.

Auf dem Teller meines Tischnachbarn hingegen befindet sich ein lecker aussehendes Rahmgulasch mit Nudeln. Offensichtlich wurde er nicht auf Diät gesetzt, was angesichts seiner dürren Statur auch nicht verwunderlich ist.

Ob ich meine Diätkost Simone zu verdanken habe?

Oder war es die Pflegerin, die mich bei der Einlieferung abgescannt hat und dabei entschied, dass ich zu dick bin. Ich verstehe ja nicht, was die alle immer mit meinem Gewicht haben. Es geht doch einzig und alleine nur darum, dass ich mich gut fühle und das tue ich halt nur, wenn ich etwas Anständiges zwischen die Zähne bekomme.

Mein Tischnachbar heißt Georg, ist zweiundachtzig Jahre alt und bereits seit dem Tod seiner Frau vor fünf Jahren hier untergebracht. Er ist geistig noch sehr fit, doch hat Probleme mit seiner Hüfte, wie er mir erzählt hat. Er ist sehr gesprächig und ich nütze das aus, um etwas mehr über die Verhältnisse in diesem Haus herauszufinden.

„Ich habe gehört, dass in letzter Zeit einige Bewohner in diesem Heim gestorben sind. Kanntest du jemanden von ihnen?“, frage ich ihn.

„Ja, ich kenne jeden hier. Das ist ein kleines Heim und man kommt mit jedem ins Gespräch“, antwortet er. „Außerdem hat man unheimlich viel Zeit.“

Er lächelt schwach und wirkt irgendwie müde. So wie übrigens sehr viele Bewohner dieser Einrichtung. Vermutlich liegt das einfach daran, dass der Altersdurchschnitt hier sehr hoch ist. Dabei sagt man eigentlich immer, dass man im Alter nicht mehr so viel Schlaf benötigt.

Aber was weiß ich schon?

Ich gehöre ja noch nicht zu dieser Altersklasse!

„Wie sind eigentlich die Pflegerinnen und Pfleger?“, frage ich weiter nach.

„Sie sind alle sehr nett und zuvorkommend. Ich kann mich wirklich nicht beschweren. Nur die Nachtpflegerin ist etwas mürrisch. Also wenn du in der Nacht etwas brauchst, solltest du dir gut überlegen, ob es nicht auch erst am nächsten Tag reicht.“

Er schmunzelt bei seinen Worten. Als er seinen Teller von sich schiebt, sehe ich ihn stirnrunzelnd an.

„Du hast ja noch keinen Bissen gegessen.“

„Ich bin nicht hungrig“, entgegnet er.

Seufzend sehe ich auf seinen Teller. Schade um das leckere Essen!

„Möchtest du es?“, fragt Georg mich und schiebt den Teller in meine Richtung.

„Willst du wirklich gar nichts?“, erwidere ich ungläubig, denn es ist mir unverständlich, wie man dieses Gericht ablehnen kann.

„Nur zu, ich habe heute schon genug gegessen.“

Das lasse ich mir natürlich nicht noch einmal sagen. Daher ziehe ich den Teller zu mir und greife nach meiner Gabel. Es schmeckt wirklich köstlich. Die Würze ist perfekt und ich danke Gott dafür, dass Georg mein Tischnachbar ist. Vermutlich würde ich ohne ihn hier drin verhungern.

„Das ist wirklich gut“, murmle ich kauend.

„Ja, der Koch hier ist nicht schlecht. Allerdings kann man ihn nicht mit den Sternerestaurants vergleichen, in denen ich früher gespeist habe“, erzählt er.

Seine Aussage passt zu seiner Ausdrucksweise und auch zu seinem Auftreten. Er wirkt sehr gebildet und ich bin sicher, dass er eine gute Anstellung hatte.

„Ein Jammer, dass sie mir dieses verdammte Diätzeug aufs Auge drücken“, murmle ich mampfend.

„Herr Schmitz, soweit ich weiß, ist das nicht Ihr Gericht“, sagt plötzlich jemand neben mir.

Ich sehe hoch und blicke in das tadelnde Gesicht des jungen Pflegers, mit dem ich mich zuvor auf dem Flur schon unterhalten habe. Kann es sein, dass der Kerl von allen Bewohnern die Krankenakte kennt?

„Ja, aber es wäre doch schade drum, wenn man es wegschmeißen müsste“, erwidere ich mit einem flehenden Blick.

Der Kerl wird mir doch nicht das leckere Essen verwehren?

„Da es ihr erster Tag ist, will ich mal nicht so sein. Aber zukünftig muss ich darauf bestehen, dass das nicht mehr vorkommt. Es ist schließlich nur im Sinne Ihrer Gesundheit.“

Er legt mir beinahe tröstend eine Hand auf die Schulter, bevor er sich wieder abwendet. Seufzend stoße ich den Atem aus und sehe hilfesuchend zu Georg. Wenn ich tagelang das mir vorgesetzte Zeug essen muss, drehe ich durch. Dagegen ist ja Rosis Schonkost eine wahre Leckerei. Das gedünstete

Gemüse, welches ich da auf meinem Teller unter der Serviette versteckt habe, ist wahrlich eine Zumutung.

„Keine Sorge, wenn niemand hersieht, kannst du was von meinem Essen abhaben“, flüstert Georg mir zu.

Ich kenne ihn erst seit ein paar Minuten und dennoch ist er mir schon überaus sympathisch. Wir könnten wohl Freunde werden, doch ich hoffe, dass ich nicht so lange hier drinbleiben muss, als dass dies geschehen wird.

„Vermutlich bewahrst du mich so vor dem Hungertod“, entgegne ich zwinkernd, bevor ich den Rest des Gulaschs aufesse.

„Freut mich, wenn ich helfen kann“, schmunzelt er. „Ich beneide dich um deinen gesegneten Appetit.“

„Warst du schon immer so ein spärlicher Esser?“, frage ich nach.

„Nein, früher konnte ich auch große Mengen verputzen, aber seit einer Magenoperation bin ich nicht mehr sehr hungrig.“

„Hast du denn Kinder?“, frage ich ihn.

„Nein, das Elternglück war meiner Frau und mir leider nicht vergönnt“, antwortet er und man sieht ihm an, wie sehr ihn dies bedrückt. „Hast du denn Familie?“

Beinahe hätte ich instinktiv mit der Wahrheit geantwortet. Im letzten Moment fällt mir ein, dass ich inkognito hier bin.

„Nein, ich war nie verheiratet und habe auch keine Kinder“, flunkere ich.

„Die Einsamkeit ist das Schlimmste am alt werden“, murmelt er betrübt.

„Ja, da hast du recht.“

„Gerade zur Weihnachtszeit wird einem bewusst, wie allein man ist. Die Feiertage sind am Schlimmsten. Viele hier werden von ihren Familien über die Feiertage nach Hause geholt oder die Kinder kommen zumindest zu Besuch. Ich bin seit fünf Jahren hier und habe noch nie Besuch bekommen.“

„Hast du denn auch keine Geschwister?“, hake ich nach, denn ich habe Mitleid mit dem Mann.

„Ich hatte eine Schwester, aber die ist schon vor über zehn Jahren an Krebs gestorben.“

„Und du?“

Bei seiner Frage wird mir klar, dass ich keine Ahnung habe, ob meine gespielte Persönlichkeit Geschwister hat. Das stand nicht in Simones Aufzeichnungen. Daher gehe ich davon aus, dass ich mir was ausdenken darf und erfinde kurzerhand einen Bruder für Josef Schmitz.

## 13. Kapitel

13. Dezember, nachmittags halb drei in Niederhaibach

Es tut so gut, Simone zu sehen. Das Wochenende kam mir endlos lange vor und ich wäre beinahe vor Langeweile eingegangen.

„Ich bin wirklich froh, dich zu sehen“, begrüße ich sie, als sie in mein Zimmer kommt.

„Du schaust recht entspannt aus. Wie ich sehe, geht es dir ganz gut hier“, entgegnet sie.

„Ich bin wirklich nicht zu Scherzen aufgelegt.“

Simone lächelt verschmitzt.

„Und, hast du schon etwas herausgefunden?“, fragt sie nach.

„Ich habe mich mit einigen Bewohnern angefreundet und versucht etwas über die Verstorbenen in Erfahrung zu bringen.“

„Und?“, hakt sie ungeduldig nach.

„Wie es scheint, waren alle fünf Opfer ihres Lebens sehr müde. Die jahrelange Einsamkeit schien ihnen aufs Gemüt zu schlagen.“

„Denkst du, sie wollten sterben?“

„Nein, das glaube ich nicht“, antworte ich kopfschüttelnd.

Simone runzelt fragend die Stirn.

„Wenn ich jemanden bitten würde, mich umzubringen, dann würde ich sicher nicht den Erstickungstod wählen“, erkläre ich.

„Du denkst, dann wären sie mit Medikamenten getötet worden?“, fragt sie nach.

„Das wäre definitiv eine angenehmere Art zu sterben“, stimme ich zu.

„Vermutlich aber auch leichter nachzuweisen oder?“

„Schon möglich, da Medikamente ja bei einer Blutprobe nachgewiesen werden können.“

„Was dem Pflegepersonal sicherlich bekannt ist“, sagt Simone nachdenklich.

„Ja, aber wie soll ich herausfinden, ob und welcher der Angestellten es war?“

„Du hast sie doch kennengelernt. Gibt es da jemanden, den du verdächtigst?“, hakt Simone nach.

Ich runzle die Stirn.

„Na ja, da ist ein Pfleger, der Georg auf seine Einsamkeit angesprochen hat“, murmle ich nachdenklich.

„Wer ist Georg?“

„Ich sitze beim Essen mit ihm an einem Tisch. Er ist ganz alleine und hat keine Angehörigen. Der Arme wird auch das Weihnachtsfest alleine verbringen müssen.“

Schon die Vorstellung ist schrecklich. Hier in diesem Heim, ohne Freunde oder Familie feiern zu müssen, ist wirklich trostlos.

„Genau wie die Opfer", murmelt Simone.

Es dauert eine Weile, bis ich den angesprochenen Zusammenhang auch erkenne. Warum ist mir das nicht gleich aufgefallen?

Beeinflusst der Aufenthalt hier etwa meine Aufmerksamkeit?

„Oh mein Gott", rufe ich. „Denkst du, er könnte der Nächste sein?"

„Vielleicht haben wir es ja wirklich mit einem Todesengel zu tun, der denkt alte und einsame Menschen vor dem Weihnachtsfest in den Himmel zu schicken wäre eine gute Tat."

„Hm!"

Nachdenklich runzle ich die Stirn. Könnte der Pfleger womöglich wirklich der Täter sein?

Eigentlich wirkte er sehr nett, aber offensichtlich beschäftigt ihn die Einsamkeit von Georg, ansonsten hätte er nicht so explizit nachgefragt.

„Ich werde herausfinden, ob der Kerl unser Täter ist", sage ich entschlossen.

Auf keinen Fall werde ich zulassen, dass Georg etwas geschieht. Der Mann hat es nicht verdient so zu sterben. Er wirkt vielleicht nicht sonderlich glücklich und ich denke, dass er sich sicher nicht auf Weihnachten freut, dennoch wird er sich noch nicht nach dem Tod sehnen. Und selbst wenn, diese Entscheidung steht nur Gott allein zu.

„Von Rosi soll ich dich fragen, ob du noch irgendwas benötigst."

„Etwas Anständiges zu Essen wäre schön", antworte ich. „Hast du dafür gesorgt, dass ich hier auf Diät gesetzt wurde?"

„Deine Frau hat gesagt, das wäre nötig", antwortet sie schulterzuckend.

„War ja klar, dass ich das Rosi zu verdanken habe", knurre ich.

„Sie sorgt sich nur um deine Gesundheit", schmunzelt Simone.

„Ja, ich weiß!", seufze ich. „Aber sie macht mir damit das Leben zu Hölle."

„Jetzt übertreibst du aber gewaltig."

„Das würdest du anders sehen, wenn du wüsstest, was ich hier auf den Teller bekomme."

Sie lacht und schüttelt dabei den Kopf.

„Das spornt dich vielleicht an den Täter schneller ausfindig zu machen. Je eher du ihn hast, desto früher bist du hier raus."

Ich werfe ihr einen vorwurfsvollen Blick zu.

„Nur keinen Druck aufbauen!"

„Das würde ich doch niemals tun." Sie sieht auf ihre Armbanduhr. „Jetzt muss ich aber gehen, sonst fällt es noch auf, dass das hier nicht nur ein professioneller Besuch ist."

„Du willst mich schon wieder alleine lassen?“, frage ich aufgebracht.

„Tut mir echt leid.“

Sie zuckt entschuldigend mit den Schultern und zieht dabei eine Schnute.

„Schon gut, langsam freunde ich mich hier ja schon mit anderen an.“

„Nicht, dass du dich hier noch heimisch fühlst.“

„Soweit lasse ich es nicht kommen.“

Simone steht auf und zieht ihre Jacke an. Als sie ihre Tasche nimmt und sich auf den Weg zur Tür begibt, hält sie nochmal inne und wendet sich zu mir um.

„Das hätte ich ja fast vergessen.“

Sie kramt in ihrer Tasche und holt eine Stange Salami und zwei Packungen Bierbrezen heraus. Als sie mir beides überreicht, lächelt sie.

„Kleines Überlebenspaket“, zwinkert sie.

In diesem Moment würde ich sie am liebsten abknutschen.

„Du bist meine Lebensretterin.“

Als sie mein Zimmer verlässt bin ich versucht, die Salami gleich zu verkosten. Doch ich halte mich zurück. Wer weiß, wie lange ich noch hier bin und das Notfallpaket halten muss. Außerdem gibt es jetzt im Speisesaal Kaffee und Kuchen. Wobei für mich dabei nur Kaffee und Obst rausspringt, was ich meiner liebenden Frau zu verdanken habe. Sie hat die Chance offensichtlich gleich genutzt, mich vor den

Feiertagen nochmal ein paar Tage auf Diät zu setzen und Simone angewiesen, in meiner Akte Diätkost zu vermerken.

Gerade als ich mich auf den Weg in den Speisesaal begeben möchte, klopft es an meiner Tür. Ich setze mich auf den Stuhl, weil ich gerade den verdammten Gehstock nicht zur Hand habe, bevor ich „herein“ rufe.

Es ist der junge Pfleger, der zwar sehr nett ist, allerdings auch derjenige, der Georg die Fragen über seine Einsamkeit stellte. Also im Moment ist er der Einzige, der als Verdächtiger für mich in Frage kommt.

„Herr Schmitz, ich wollte Sie zu unserer Gesprächsgruppe einladen. Jeden Montagnachmittag um siebzehn Uhr treffen wir uns im Aufenthaltsraum.“

Ich runzle die Stirn.

„Und was ist das für eine Gruppe?“, frage ich neugierig nach.

„Es ist natürlich jeder willkommen, aber in erster Linie richten sich die Treffen an die Bewohner, die unter ihrer Einsamkeit leiden“, erklärt er.

„Ich bin nicht einsam“, entkommt es mir, bevor ich richtig überlege.

Natürlich bin ich einsam, zumindest ist es Josef Schmitz und den spiele ich derzeit. Aber die Vorstellung, an solchen Psychositzungen teilzunehmen widerstrebt mir gewaltig. Allerdings wird mir nun klar, dass dies vermutlich ein Glücksfall für mich ist, denn in dieser Gruppe treffe ich auf all jene, die ebenfalls als künftige Opfer in Frage kommen.

Vielleicht nutzt der Pfleger ja diese Treffen, um seine Opfer auszuwählen. Wenn das der Fall ist, dann ist das die Chance, ihn zu überführen.

# 14. Kapitel

13. Dezember, abends halb sechs in Niederhaibach

Seit einer halben Stunde sitze ich nun hier und höre mir die Lebensgeschichten der Heimbewohner an. Der Pfleger, sein Name ist Michael, hört allen aufmerksam zu. Ich bin nicht sicher, ob ihn die Geschichten faszinieren, oder er eher Mitleid für die Bewohner empfindet.

Vielleicht irre ich mich ja, aber ich glaube beides in seinen Augen erkennen zu können.

„Was ist mit Ihnen Herr Schmitz, wollen Sie uns auch etwas erzählen?“

Schweigen breitet sich aus und erst als alle Blicke auf mich gerichtet sind, wird mir klar, dass ich gemeint bin. Noch immer habe ich mich nicht an meine neue Identität gewöhnt. Ich versuche meinen Instinkt niederzuringen. Es ist völlig egal, wie unwohl ich mich hier in der Situation fühle. Ich muss mich auf meine Rolle konzentrieren und sie überzeugend spielen. Nur so kann ich den Täter aus der Reserve locken.

„Die Einsamkeit ist gerade in dieser Jahreszeit ganz schrecklich. Wie sagt man so schön: Im Alter wird nichts besser!“

Ich hoffe die Aussage war einigermaßen glaubhaft, denn in diesem Moment sehen mich alle mit mitleidigen Blicken an.

„Hier bist du unter Menschen, die dich verstehen“, sagt Michael mitfühlend.

Ich nicke ihm zu und versuche dabei möglichst mitgenommen und bedrückt zu wirken. Nach etwa einer Stunde ist der Spuk dann auch vorbei. Michael verabschiedet sich und ein paar bleiben noch zurück und unterhalten sich miteinander. So auch Georg, der ebenfalls an dem Treffen teilgenommen hat.

Er steht bei einer alten Dame, die ziemlich niedergeschlagen wirkt. Zuvor hat sie uns davon erzählt, wie sehr sie in der Weihnachtszeit unter der Einsamkeit leidet. Sie hat sogar davon gesprochen, dass es besser für sie wäre, wenn sie vor Weihnachten noch sterben könnte.

„Möchten Sie noch etwas trinken?“, fragt plötzlich eine junge Frau neben mir, die schon zuvor an alle Gruppenteilnehmer Getränke verteilt hat.

Normalerweise arbeitet sie im Speisesaal bei der Essensverteilung. Ich glaube nicht, dass sie hier als Pflegerin angestellt ist, sondern vielmehr als Küchenhilfe oder dergleichen. Sie hält einen Krug mit Wasser in der Hand und lächelt mich freundlich an.

„Nein danke, ich habe genug“, winke ich ab, woraufhin sie mir mein leeres Glas abnimmt.

„Es ist schrecklich, wie sehr die arme Frau leidet“, murmelt sie, während sie neben mir steht.

Sie sieht mitleidig zu der alten Frau, die sich mit Georg unterhält. Wie es scheint versucht er sie aufzumuntern, was ihm jedoch nur geringfügig gelingt.

„Ja, sie leidet offensichtlich sehr unter ihrer Einsamkeit. Aber Michael scheint sich ja sehr um sie zu kümmern."

Ich nutze die Situation, um herauszufinden, ob vielleicht die Küchenhilfe etwas mitbekommen hat, was mir weiterhelfen könnte.

„Ja, er ist sehr bemüht", stimmt sie mir zu.

Sie starrt regelrecht auf Georg und die alte Frau, mit der er spricht. Offensichtlich macht sie sich große Sorgen, um die arme Frau. Ich sehe zu ihr hoch, woraufhin sie ihren Blick von den beiden reißt und mich anlächelt. Sie nickt mir knapp zu, bevor sie sich wieder entfernt.

Ich stehe auf und vergesse beinahe meinen Stock dabei zur Hilfe zu nehmen. Im letzten Moment greife ich danach und stütze mich zum Schein darauf. In diesem Moment verabschiedet sich Georg von der anderen Frau, die nun ebenfalls auf einen Stock gestützt den Raum verlässt.

Im Gegensatz zu mir, benötigt sie den jedoch wirklich. Ich hingegen benutze ihn nur zum Schein und fühle mich dabei zugegebenermaßen mies. Inkognito zu arbeiten ist nicht gerade meine Stärke.

Georg kommt auf mich zu.

„Kannst du eigentlich Schach spielen?“, fragt er mich.

„Ja, aber es ist ewig her, dass ich gespielt habe“, antworte ich, denn, seit mein Sohn ausgezogen ist, fehlt mir der Schachpartner, was ich natürlich nicht erwähne.

„Lust auf eine Runde?“

„Warum nicht“, stimme ich ihm schulterzuckend zu.

Der Aufenthaltsraum befindet sich gegenüber des Personalzimmers. Das bedeutet ich kann so Michael im Auge behalten und bekomme auch mit, was in dem Raum der Pfleger und Pflegerinnen so vor sich geht.

Mittlerweile komme ich mit dem Gehstock besser zurecht, als mir lieb ist. Vielleicht sollte ich mich nicht zu sehr daran gewöhnen. Als wir beim Aufenthaltsraum ankommen, lasse ich Georg den Vortritt, denn ich möchte verhindern, dass er die Tür hinter uns schließt.

Wir setzen uns an den Tisch, auf dem das Schachbrett schon bereitsteht.

„Weiß oder schwarz?“, fragt Georg.

„Ich nehme schwarz.“

Georg macht den ersten Zug und schiebt einen seiner Bauern zwei Felder vor.

„Die Frau, mit der du zuvor gesprochen hast. Sie wirkte sehr bedrückt.“

Er nickt bei meiner Aussage und ich mache den nächsten Zug.

„Ja, sie hat den Lebenswillen verloren“, seufzt er.

„So schlimm?“

„Schlimmer! Ich glaube, sie zieht sogar Selbstmord in Erwägung.“

„Komm hör auf!“

Georgs Aussage schockiert mich wirklich. Natürlich ist es nicht schön, im Alter so einsam zu sein, dass man im Heim nicht einmal Besuch bekommt. Aber sich deswegen umbringen zu wollen, ist nochmal ein ganz anderes Thema.

„Sie ist wirklich sehr labil, aber Michael kümmert sich aufopfernd um sie.“

Als der Name des Pflegers fällt, werde ich hellhörig.

„Nimmt sich Michael die Schicksale der Bewohner immer so zu Herzen?“, hake ich nach.

„Ja, er kümmert sich vor allem um jene, denen die Einsamkeit zu schaffen macht“, antwortet er. „Darum gibt es auch diese Gruppenstunden.“

„Hat die Michael ins Leben gerufen?“

Georg nickt.

„Gibt es die schon lange?“

„Erst seit etwa einem halben Jahr“, antwortet Georg.

Rein rechnerisch wäre das genau der Zeitrahmen, der mit den Opfern in Zusammenhang stehen könnte. Je mehr ich darüber erfahre, was in diesem Heim alles vor sich geht, desto mehr erhärtet sich mein Verdacht, dass der Pfleger Michael der Täter ist.

Dabei möchte ich gar nicht leugnen, dass er es vielleicht sogar aus Mitleid getan hat. Doch selbst wenn es so war, gehört er dafür hinter Gitter und ich werde dafür sorgen, dass er seine gerechte Strafe erhält.

„Schach“, sagt Georg plötzlich und reißt mich aus meinen Gedanken.

Ein Blick auf das Brett zeigt mir, dass ich dieses Spiel nicht mehr gewinnen kann. Vermutlich hätte ich mich einfach besser konzentrieren sollen, aber ich habe wahrlich andere Sorgen, als ein Schachspiel zu gewinnen.

„Schon gut, du hast gewonnen“, gebe ich schließlich zu und lege meinen König um. „Ich habe ja gleich gesagt, dass ich aus der Übung bin.“

„Wenn du willst, können wir ja in Zukunft regelmäßig spielen. Ich brauche sowieso einen neuen Schachpartner.“

„Warum, was ist denn mit dem Alten?“, hake ich neugierig nach.

„Der ist vor ein paar Wochen gestorben.“

„Das tut mir leid“, entgegne ich mitfühlend.

Offensichtlich war eines der Opfer Georgs Schachpartner.

„Hatte dein Schachpartner denn Familie?“, hake ich nach.

„Nein, er war auch schrecklich einsam. Sein überraschender Tod war vermutlich eine Erlösung“, murmelt Georg.

„Überraschender Tod?“

Ich sehe ihn fragend an.

„Ja, er hatte mit schweren Depressionen zu kämpfen und schreckliche Angst vor der Weihnachtszeit. Glücklicherweise ist er einfach abends friedlich eingeschlafen und morgens nicht mehr aufgewacht.“

„War er auch in Michaels Gesprächstherapie?“

Georgs Nicken bestärkt mich noch weiter in meiner Vermutung.

# 15. Kapitel

15. Dezember, nachmittags halb drei in Niederhaibach

Seit zwei Tagen folge ich Michael auf Schritt und Tritt. Verstohlen beobachte ich ihn, doch bisher habe ich nur mitbekommen, dass er sich besonders viel Zeit für all jene nimmt, die unter ihrer Einsamkeit am meisten leiden.

Wenn er in einem Zimmer der Bewohner verschwindet, dann kann ich ihm natürlich nicht folgen. Da er einen weiteren Anschlag jedoch sicher nur hinter verschlossener Tür durchführt, sind mir die Hände gebunden. Ich kann ja schlecht in das Zimmer stürmen, in dem er sich gerade befindet.

Daher bleibt mir nur eins. Ich muss abwarten, bis er wieder herauskommt. Dabei erhasche ich einen Blick auf den Bewohner, der sich in dem Zimmer befindet. So kann ich prüfen, ob Michael erneut zum Täter wurde.

Auch jetzt kommt er aus dem Zimmer der alten Frau, die so schrecklich einsam ist und dadurch wohl sogar Selbstmordgedanken hat. Mein Herz fängt an schneller zu schlagen, als ich sie nicht sehe. Womöglich befindet sie sich einfach nur in einem

Winkel des Zimmers, auf den ich in meiner Position keinen Einblick habe.

Aber was, wenn nicht?

Vielleicht hat er ja auch wieder zugeschlagen.

Allerdings würde er das doch sicherlich nicht am helllichten Tag tun oder? Am Abend wäre dies doch naheliegender. Trotzdem lässt mich der Gedanke nicht los, dass er vielleicht erneut zugeschlagen hat. Was, wenn die arme Frau tot in ihrem Zimmer liegt?

Ich kann einfach nicht anders, als an die Tür zu klopfen. Als ich ein leises „Herein", höre, atme ich erleichtert aus. Allerdings habe ich nun das Problem, dass ich eine Ausrede für meinen Besuch benötige.

Kurzerhand drücke ich die Klinke und öffne die Tür einen Spalt. Sie sieht mich fragend an.

„Entschuldigung, jetzt habe ich mich doch glatt in der Tür geirrt. Mein Verstand spielt mir wohl schon Streiche", sage ich entschuldigend und stütze mich besonders auf meinen Gehstock.

So ist mein Schauspiel vielleicht glaubhafter. Aber ich muss sagen, mittlerweile bin ich ganz gut darin, einen alten, gehbehinderten Mann zu spielen. Wenn ich das noch länger mache, werde ich noch zu dem, was ich da vorspiele.

„Ach, das ist kein Problem", winkt sie mit einem Hauch eines Lächelns ab. „Ich freue mich ja über Besuch."

„Möchten Sie vielleicht mitkommen?", frage ich sie. „Ich treffe mich mit Georg zum Kaffeetrinken."

Nun erscheint tatsächlich ein ehrliches Lächeln auf ihren Lippen.

„Ich bin aber nicht so gut zu Fuß und brauche für den Weg etwas länger“, entgegnet sie entschuldigend.

„Das macht gar nichts“, erwidere ich und hebe meinen Gehstock an. „Ich bin auch nicht der Schnellste.“

„Dann komme ich gerne mit.“

Sie greift sich ihren Stock und stemmt ihn in den Boden, als sie sich aufrichtet. Wie es scheint ist sie noch eine Spur schlechter zu Fuß, als ich es vorspiele. Im Schneckentempo kommt sie auf mich zu, während ich ihr die Tür aufhalte.

Das wird wohl tatsächlich eine Weile dauern, bis wir im Speisesaal ankommen. Aber was soll´s?

Wir haben es ja nicht eilig und es ist für mich eine ganz neue Erfahrung der Schnellste zu sein. In Gegenwart meiner Frau ist es immer umgekehrt. Da muss ich meist alle Reserven hervorholen, um mit ihr mithalten zu können.

Auf dem Weg zum Speisesaal erfahre ich, dass die Frau Irmgard heißt und schon seit vielen Jahren in diesem Heim lebt. Sie ist des Lebens längst müde, wie sie betont. Wohl nicht zuletzt, weil mittlerweile alle Freunde und Angehörigen gestorben sind oder der Kontakt abgebrochen ist.

Ihr Mann ist schon vor vielen Jahren gestorben, und ihr einziges Kind, eine Tochter hat vor drei Jahren den Kampf gegen den Krebs verloren.

Offensichtlich war die Tochter alleinstehend und hatte auch keine Kinder. Somit ist diese arme Frau tatsächlich ganz alleine, denn auch ihre Geschwister musste sie bereits zu Grabe tragen.

„Weißt du, wenn man so alt und alleine ist, wie ich es bin, dann freut man sich auf nichts mehr und schon gar nicht auf Weihnachten. Solche Festtage sind dann nur noch eine Qual und sie wecken schmerzhafte Erinnerungen an die schönen Jahre, die schon so lange zurückliegen."

Irmgard tut mir schrecklich leid und ich verstehe sogar, dass sie nicht mehr am Leben hängt. Was ist es denn auch für ein Leben, wenn einem keiner mehr etwas möchte und die Tage nur noch schleppend vergehen.

„Aber du hast doch hier viele Freunde", versuche ich sie aufzumuntern.

„Du meinst wohl eher Gleichgesinnte", schmunzelt sie.

„Trotzdem bist du doch hier drin nicht alleine", versuche ich es erneut.

„Aber das ist nicht das Gleiche", seufzt sie.

„Letztendlich geht es doch nur darum, dass wir die Feiertage nicht alleine verbringen müssen."

Sie sieht lächelnd zu mir auf, wobei das Lächeln nicht ihre Augen erreicht. Noch immer wirkt sie traurig und ich habe ein mulmiges Gefühl, wenn ich sie so ansehe. Natürlich findet man es immer schrecklich, wenn man von schlimmen Schicksalen hört, doch wenn man direkt damit konfrontiert wird, dann sieht es nochmal ganz anders aus.

Als wir im Speisesaal ankommen, wartet Georg schon auf mich und als er sieht, dass ich Irmgard dabeihabe, heben sich seine Mundwinkel. Er mag die alte Frau, was ich sehr gut verstehen kann. Sie hat eine angenehme, ruhige Art und trotz ihrer negativen Einstellung zum Leben, kann man sich sehr gut mit ihr unterhalten. Vielleicht auch gerade deshalb.

Im Vergleich zu vielen anderen Frauen, die oftmals sehr anstrengend, nörglig und lästig sind, ist Irmgard eine angenehme Version der weiblichen Gattung. Vielleicht liegt es auch einfach daran, dass sie schon sehr alt ist. Ich habe sie natürlich nicht nach ihrem Alter gefragt, denn das macht man ja bei Frauen bekanntlich nicht, aber ich schätze sie auf Mitte achtzig.

„Irmgard, das ist ja schön, dass du auch dabei bist. Machst du nicht eigentlich um diese Zeit ein Nickerchen?“

Bei Georgs Frage grinst Irmgard.

„Wenn ich schon mal von einem so charmanten Mann auf einen Kaffee eingeladen werde, kann ich doch nicht ablehnen“, antwortet sie ihm und deutet mit dem Kinn auf mich. „Außerdem habe ich noch genug Zeit zum Schlafen, wenn ich tot bin.“

„Das ist die richtige Einstellung“, sage ich erfreut.

„Dann setz dich mal, Josef und ich holen Kaffee und Kuchen.“

Georg schiebt ihr den Stuhl zurecht, und hilft ihr beim Hinsetzen. Anschließend gehen wir zum Buffet, auf dem sich die große Kaffeekanne und ein Tablett mit kleinen Kuchenstückchen befinden. Ich sehe mich im Raum um, doch weder Michael noch einer der anderen Pfleger ist hier. Wenn ich mich also spute und schnell etwas von dem Kuchen vertilge, dann bekommt das keiner mit.

Während Georg sich ein Ministückchen auf den Teller gibt und noch einen zweiten für Irmgard befüllt, mache ich den meinen mit der komplett angebotenen Auswahl voll. Als wir zurück zum Tisch gehen, stellt Georg einen Teller vor Irmgard ab und gerade als ich mich hinsetze und zu der Gabel greifen möchte, betritt Michael den Raum.

Sofort wandert sein Blick zu mir, als ob er ahnen würde, dass ich im Begriff bin, meine Diätauflagen zu missachten. Es ist wirklich ein Jammer, dass ich selbst hier auf Diät gesetzt wurde.

Michaels Blick wandert von mir, auf den Tisch zu meinem Teller. Vorwurfsvoll hebt er eine Augenbraue und sieht mich anschließend tadelnd an. Ich lege die Gabel beiseite und schiebe anschließend meinen Teller über den Tisch zu Irmgard.

„Was, das soll ich auch noch essen?“, ruft sie freudig. „Ihr meint es heute aber gut mit mir.“

Michael nähert sich unserem Tisch und bleibt neben uns stehen.

„Irmgard, das ist ja schön, dass du auch hier bist“, sagt er zu ihr.

„Ja, die beiden haben mich dazu überredet und jetzt sieh dir an, wie viel Kuchen sie mir gebracht haben. Sie wollen mich wohl mästen“, entgegnet sie sichtlich erfreut.

Es ist wirklich schön, sie so froh zu erleben. Sie blüht geradezu auf und das nur, weil sie etwas in Gesellschaft ist.

„Du verträgst es ja“, erwidert Michael und tätschelt ihr dabei die Schulter, während er mich mit einer Mischung aus Belustigung und Tadel ansieht.

# 16. Kapitel

18. Dezember, abends halb neun in Niederhaibach

Simone hatte mir heute wieder einen Besuch abgestattet, doch leider musste ich sie erneut wegschicken, ohne Neuigkeiten für sie zu haben. Michael ist zwar verdächtig, doch er verhält sich nicht so.

Vielmehr ist er immer zuvorkommend und überaus bemüht, vor allem zu all jenen, die mit der Einsamkeit hier drin zu kämpfen haben. Es macht mich wahnsinnig und ich bin es langsam leid durch die Gänge zu schleichen und dem Kerl nachzujagen. Eigentlich ist er nämlich ein echt netter Typ, mal davon abgesehen, dass er wie ein Adler aufpasst, dass ich nicht zu viel esse.

Ab und an drückt er mal ein Auge zu, wenn ich etwas von Georg abbekomme, aber auch nur, wenn es sich dabei um ein paar wenige Happen handelt. Er macht echt meiner Rosi Konkurrenz und das soll schon was heißen, denn die beobachtet mich auch immer wie ein Geier, wenn ich mir was in den Mund schiebe.

Sie würde Michael auf jeden Fall mögen und mich vermutlich dafür ausschimpfen, dass ich ihn des

Mordes bezichtige. Genau genommen sogar des Mehrfachmordes!

Ich bin schon bei meiner Zimmertür, als mein Blick auf den Gehstock fällt, den ich neben der Tür geparkt habe. Wenn ich das nicht tun würde, dann hätte ich ihn nie dabei und wäre schon längst aufgeflogen. Daher hat er einen festen Platz neben der Tür.

Bevor ich meine Tür öffne, ergreife ich den Stock, um noch ein paar Schritte im Flur zu drehen. Das Leben im Altenheim hat einen anderen Tagesrhythmus, als ich es gewohnt bin. Hier wird früh aufgestanden, dafür aber auch früh ins Bett gegangen. Um neun Uhr ist hier meist absolute Stille und die meisten schlafen.

Ich bin das allerdings nicht gewohnt, denn normalerweise gehe ich nicht vor zehn oder elf Uhr ins Bett. Natürlich ist da nicht eingerechnet, dass ich meist schon auf dem Sofa ein kleines Schläfchen halte.

Der Flur ist um diese Zeit nur noch spärlich beleuchtet. Offensichtlich geht man davon aus, dass alte Leute früh schlafen, und die Heimleitung unterstützt das auch. Ich biege um die Ecke, denn der Wasserspender befindet sich in der Nähe des Aufenthaltsraums. Hier in der Nähe ist auch Irmgards Zimmer und als ich sehe, wie Michael darin verschwindet, setzt mein Herz einen Schlag aus.

Wird er etwa erneut zum Täter?

Hat er vor sie jetzt umzubringen?

Aber er hat doch gesehen, wie gut sie heute drauf war, als wir uns bei Kaffee und Kuchen amüsiert haben. Wenn er wirklich ein Todesengel ist, der lediglich das Leid eines Menschen lindern möchte, dann tötet er niemanden, der noch Lebensfreude verspürt.

Vielleicht tut der Kerl aber auch nur so, als würde er sich um alte, kranke Leute kümmern und in Wahrheit ist er ein eiskalter Killer. Wenn dem so ist, dann ist er womöglich gerade im Begriff seinen nächsten Mord zu begehen.

Als ich bei Irmgards Tür angekommen bin, halte ich mein Ohr dagegen. Leider kann ich absolut nichts hören, was mich noch mehr in Habachtstellung bringt. Mein Herz fängt plötzlich an zu pochen, denn ich habe wirklich Angst, dass sich hinter dieser Tür gerade eine grausame Tat abspielt.

Kurzerhand drücke ich die Klinke und öffne schwungvoll die Tür. Der Anblick lässt mein Herz für ein paar Schläge aussetzen. Michael steht mit dem Rücken zu mir über Irmgard gebeugt und ich kann nicht sehen, was seine Hände tun.

Erst als er sich überrascht zu mir umsieht, erkenne ich, dass seine Hände nicht um Irmgards Hals gelegt sind, sondern dass er lediglich mit einem Lappen über ihre Stirn streicht.

„Was machst du denn da?“, entkommt es mir bestürzt.

Beide sehen mich überrascht an, während sich mein Herzschlag langsam wieder beruhigt. Je mehr sich die Panik in mir zurückzieht, desto klarer wird mir, dass ich gerade hier wie ein Irrer ins Zimmer gestürzt bin und mein Auftritt vermutlich Fragen aufwirft.

„Das sollte ich dich fragen“, entgegnet er mit deutlichem Vorwurf in der Stimme. „Hast du schon mal was von anklopfen gehört?“

„Äh … ja … entschuldigt … ich wollte nicht …“, stottere ich dahin. „Ich dachte, es wäre etwas passiert, weil du so spät zu Irmgard ins Zimmer bist.“

„Mei, das ist aber schön, dass du dich so um mich sorgst“, sagt Irmgard glücklicherweise, denn mir entgeht nicht, dass Michael mich überaus misstrauisch beäugt.

„Aber keine Sorge, ich werde schon wieder.“

„Was fehlt dir denn?“, frage ich besorgt nach.

„Nur ein bisschen Fieber.“

Michael taucht den Lappen ein weiteres Mal in die Wasserschüssel und windet ihn anschließend aus. Als er ihn ihr wieder auf die Stirn legt, tätschelt er ihr die Schulter.

„Den lassen wir jetzt eine Weile da. Ich komme später wieder, dann messen wir erneut Fieber.“

Bei Michaels Worten nickt sie mit einem schwachen Lächeln. Sie ist sehr geschwächt, was vermutlich am Fieber liegt.

Michael kommt auf mich zu und als ich zur Seite trete, damit er den Raum verlassen kann, bleibt er vor mir stehen und sieht mich vorwurfsvoll an.

„Sie braucht jetzt wirklich Ruhe."

„Ich gehe gleich, versprochen", beteuere ich.

Als Michael das Zimmer verlässt, gehe ich zu Irmgard ans Bett. Ihre Lider sind geschlossen und es fällt ihr sichtlich schwer diese zu öffnen. Instinktiv nehme ich ihre Hand und drücke sie sanft.

„Ich bin so müde", murmelt sie schwach.

„Dann schlaf dich aus. Morgen geht es dir sicher wieder besser", entgegne ich.

Sie dreht ihren Kopf zur Seite und als ich mit meiner Hand den Lappen auf ihrer Stirn berühre, ist der schon wieder ganz warm. Wie es scheint ist ihr Fieber recht hoch und ich frage mich, ob es nicht besser wäre einen Arzt zu rufen.

Ich mache den Lappen erneut feucht und lege ihn wieder auf ihre Stirn. Anschließend bleibe ich noch an ihrer Seite stehen, bis sie eingeschlafen ist. Erst dann verlasse ich leise ihr Zimmer.

Auf dem Flur treffe ich erneut auf Michael.

„Wäre es nicht angebracht einen Arzt zu rufen?", frage ich ihn.

„Das habe ich schon. Er sollte in etwa einer halben Stunde da sein", antwortet er und wirkt dabei wirklich aufrichtig.

Wenn das keine Lüge ist, dann habe ich mich wohl in Michael getäuscht. Denn wenn er der Todesengel wäre, würde er sicherlich keinen Arzt rufen, sondern die Gelegenheit nutzen und die Krankheit als Todesursache verwenden. In so einem Alter wird sicherlich nicht groß nachgeforscht, wenn jemand in schlechter Verfassung ist und stirbt.

Um herauszufinden, ob Michael die Wahrheit sagt, bleibe ich in der Nähe. Ich setze mich in den Aufenthaltsraum, schnappe mir ein Buch, das mich überhaupt nicht interessiert, und setze mich auf das Kanapee, welches bereitsteht.

Etwa eine gute halbe Stunde später kommt Michael tatsächlich mit einem Mann den Flur entlang, der eine Arzttasche dabeihat. Sie gehen zu Irmgard ins Zimmer und ich warte geduldig, bis die zwei Männer wieder rauskommen.

„Vielen Dank Herr Doktor“, höre ich Irmgard sagen, als der sich verabschiedet.

Nun kann ich beruhigt schlafen gehen, denn ich weiß ihr geht es den Umständen entsprechend gut.

# 17. Kapitel

20. Dezember, nachmittags halb drei in Niederhaibach

Irmgard, Georg und ich sitzen im Aufenthaltsraum und spielen Mensch-ärgere-dich-nicht. Während meine Spielfiguren nun wieder alle am Anfang stehen, hat Irmgard bereits zwei Hütchen zu Hause. Georg geht es nicht viel besser als mir. Er hat jedoch zumindest eine Spielfigur auf dem Feld.

„Wie es aussieht zockt uns Irmgard ganz schön ab“, sage ich und zwinkere ihr zu.

„Ich kann auch nichts dafür“, erwidert sie schmunzelnd.

Es ist schön, dass sie schon wieder so fit ist. Glücklicherweise haben die Medikamente, die ihr der Arzt verschrieben hat, gut angeschlagen. So erleichtert ich auch bin, dass es ihr gutgeht, letztendlich stehe ich nun wieder ohne Verdächtigen da. Die Aufklärung des Falls ist in weite Ferne gerückt und das vier Tage vor Heiligabend.

„Ja, das Glück hat mich wohl verlassen“, seufzt Georg theatralisch.

„Was soll ich denn da sagen?“, rufe ich, denn im Moment ist mein Spielstand definitiv der Schlechteste.

Irmgard würfelt und wie könnte es anders sein, ist es wieder eine sechs. Ihr zweiter Wurf zeigt nur noch fünf Punkte an, woraufhin sie elf Felder vorfährt. Doch genau auf dem Spielfeld steht eine Figur von Georg, die Irmgard nun mit sichtlicher Schadenfreude vom Brett fegt.

Georg lehnt sich stöhnend zurück.

„Jetzt hat sie mich kurz vor dem Loch geworfen!“

Wir haben unheimlich viel Spaß und ich bin sicher, dass Irmgard schon lange nicht mehr so glücklich war wie heute. Vielleicht bin ich mit Schuld, dass der Täter von Irmgard abgelassen hat, weil sie nicht mehr so in sich gekehrt und perspektivlos wirkt, wie noch vor ein paar Tagen. Also wenn wir es mit einem Todesengel zu tun haben, dann habe ich dafür gesorgt, dass dieser kein Motiv mehr hat. Irmgard gehört nämlich nicht mehr zu den Menschen, bei denen man den Eindruck hat, dass der Tod für sie eine Erlösung wäre.

„Wie es scheint, habt ihr hier eine Menge Spaß“, sagt plötzlich eine Frauenstimme neben uns.

Es ist die junge Frau, die uns während des Gruppengesprächs mit Getränken versorgt hat. Sie wirkt beinahe überrascht und ihr Blick ruht für eine Weile auf Irmgard. Wie es scheint irritiert es sie, Irmgard so gutgelaunt anzutreffen. Kein Wunder, immerhin war Irmgard bei unserem Gruppengespräch noch tieftraurig, um nicht zu sagen todessehnsüchtig.

„Ja, vor allem Irmgard hat Grund zur Freude“, entgegne ich. „Sie zockt uns gerade so richtig ab.“

„Ich sehe schon“, stimmt sie schmunzelnd zu, als sie ihren Blick auf das Spielbrett richtet. „Soll ich euch noch etwas zu trinken bringen?“

„Wäre es möglich ein Bier zu bekommen?“, fragt Irmgard grinsend.

„Das ist eine verdammt gute Idee“, stimme ich ihr sofort zu.

Wir sehen fragend zu Georg.

„Also ich mag ja Wein lieber, aber zur Not würde ich auch ein Bier nehmen“, sagt er schulterzuckend.

Erwartend sehen wir zu der jungen Frau hoch, die schmunzelnd die Mundwinkel hebt.

„Kommt sofort, die Herrschaften“, nickt sie gutgelaunt und wendet sich ab.

Wie es scheint bereitet es ihr auch Freude, dass wir hier so viel Spaß haben. Erst jetzt fällt mir auf, dass ich in all der Zeit die ich hier bin noch keinen Schluck Alkohol getrunken habe. Dies jedoch nicht, weil dieser hier verboten wäre, sondern einfach, weil ich noch nicht daran gedacht habe. Kein Wunder, denn die meisten hier scheinen von Spaß weit entfernt zu sein.

Vielleicht sollte hier etwas mehr gesoffen werden, dann wären viele sicher besser drauf.

Als die junge Frau zurückkommt, hat sie ein Tablett mit drei Gläsern Bier dabei. Natürlich sind es keine Krüge, in die ein halber Liter passt, sondern maximal die Hälfte. Aber was soll´s!

Ich bin schon froh überhaupt mal wieder in netter Gesellschaft ein Gläschen zu trinken.

„Prost!“, sagt Irmgard und stoßt ihr Glas an die unseren, bevor sie es an ihre Lippen setzt.

Ich traue meinen Augen kaum, als sie den Inhalt beinahe in einem Zug austrinkt. Auch Georg sitzt mit geöffnetem Mund da und starrt sie ungläubig an.

„Noch eins bitte!“, sagt sie mit einem genüsslichen Seufzen, leckt sich über die Lippen und hält der jungen Frau das leere Glas hin.

Die Augenbrauen der jungen Frau heben sich in die Stirn. Wie es scheint ist auch sie überrascht, wie schnell die alte Frau das Glas geleert hat.

„Okay“, entgegnet sie mit einer Mischung aus Unglauben und Bewunderung in der Stimme.

„Jetzt trinkt schon!“, fordert uns Irmgard auf, als die junge Frau mit ihrem leeren Glas wieder verschwunden ist, um ihr Nachschub zu besorgen.

Ich setze das Glas an und nehme einen großen Schluck daraus, während Georg lediglich daran nippt.

„Mein Gott, bis ihr ein Glas trinkt, schaffe ich ja zwei!“

Irmgard lacht laut und stellt die Spielfiguren neu auf.

„Du willst noch eine Runde spielen?“, frage ich ungläubig.

„Natürlich, ich habe gerade einen Lauf“, erwidert sie.

„Sie will uns fertigmachen“, wirft Georg lachend ein.

„Ja, das fürchte ich auch“, stimme ich ihm zu.

Die junge Frau kommt zurück und stellt ein weiteres Glas Bier vor Irmgard ab. Sie hat auch noch eine geöffnete Flasche dabei, die sie ebenfalls auf den Tisch stellt.

„Ich habe euch gleich noch Nachschub mitgebracht“, grinst sie.

„Vielen Dank“, strahlt Irmgard sie an. „Wie heißt du eigentlich?“

„Ich bin Sabine“, entgegnet die junge Frau.

„Sabine, herzlichen Dank, dass du uns so gut versorgst“, sage ich zu ihr.

„Ruft mich einfach, wenn ihr noch was braucht. Ich bin sowieso in der Nähe.“

Sabine verschwindet wieder und wir starten eine neue Runde des Spiels. Zuerst würfeln wir aus, wer beginnen darf. Da die höchste Zahl anfängt, haben Georg und ich nicht wirklich eine Chance.

Irmgard würfelt eine fünf und legt damit die Messlatte wie erwartet sehr hoch. Man sieht den Siegeswillen in ihren Augen, die voller Vorfreude glitzern. Nach ein paar Minuten geht Irmgard schon wieder mit deutlichem Vorsprung in Führung, während meine Spielfiguren erneut alle zurück auf Anfang müssen.

„Das fängt ja schon wieder gut an. Ich glaube, ich muss mir das Spiel schönsaufen“, witzle ich und leere mein Glas.

Irmgard ergreift die Flasche und schenkt mir nach, während Georg mehr in sein Glas sabbert, als dass er etwas herausbekommt. Man merkt ihm schon an, dass er kein begeisterter Biertrinker ist. Aber das ist kein Problem, somit bleibt für Irmgard und mich mehr übrig.

„Schmeckt dir das Bier nicht?“, fragt sie ihn.

„Na ja, geht so“, entgegnet er. „Ein trockener Rotwein wäre mir lieber.“

„Sabine“, ruft Irmgard daraufhin laut und es dauert keine Minute, bis diese erscheint.

„Braucht ihr schon wieder Nachschub?“, fragt diese ungläubig.

„Noch nicht, aber könntest du mir einen Gefallen tun und Georg ein Glas Rotwein besorgen?“

Sabines Mundwinkel heben sich bei Irmgards Frage.

„Aber nicht den Billigwein, den ihr normalerweise dahabt“, wirft Georg ein.

„Ich habe da noch eine Flasche Merlot rumstehen, die mir mal eine Bewohnerin geschenkt hat. Der ist sicher gut, auch wenn ich mich da nicht so wirklich auskenne“, antwortet sie und huscht davon.

Georg sieht zufrieden aus.

„Merlot ist gut“, murmelt er, bevor er eine vier würfelt.

## 18. Kapitel

20. Dezember, abends halb neun in Niederhaibach

Ich sitze in meinem Zimmer und blättere in einer Zeitschrift, die Simone mir bei ihrem letzten Besuch mitgebracht hat. Als ich zu meinem Wasserglas greife, ist dieses bereits leer und ein Blick auf die Flasche zeigt mir, dass sich darin ebenfalls nichts mehr befindet. Daher stehe ich auf und nehme sie an mich, um sie am Wasserspender im Aufenthaltsraum neu aufzufüllen.

Bei meinem Weg dahin höre ich komische Geräusche hinter einer geschlossenen Zimmertür. Ich bleibe stehen und nähere mich der Tür. Vielleicht habe ich mich ja geirrt und höre schon Gespenster!

Doch da ist es wieder!

Wie ein leises Klopfen, als würde jemand gegen etwas Weiches schlagen. Ich lege meine Hand auf die Türklinke und zögere. Wenn ich schon wieder ohne Vorwarnung in ein Zimmer stürme, wird sicherlich bald jemand misstrauisch.

Erneut höre ich dieses dumpfe Geräusch, das mich veranlasst alle meine Bedenken über Bord zu werfen. Schwungvoll reiße ich die Tür auf und bleibe anschließend wie erstarrt stehen. Vor dem Bett steht

Sabine, die gerade ein Kissen auf das Gesicht desjenigen drückt, der in dem Bett liegt.

Das Geräusch, welches ich gehört habe, wird von der Hand des Angegriffenen verursacht, mit der er auf die Matratze klopft. Sabines Kopf wirbelt zu mir herum und in dem Moment lässt sie das Kissen los und weicht erschrocken zurück.

Mein Blick fällt auf das Bett. Die Hand bewegt sich nicht mehr und Panik steigt in mir auf. Ich lasse den Gehstock fallen und stürme auf das Bett zu, um das Kissen vom Gesicht des Angegriffenen zu entfernen.

Es ist Max, der ebenfalls bei dem Gruppentreffen dabei war. Allerdings hat er nicht allzu viel gesagt und ich hatte nicht den Eindruck, als wäre er sehr einsam oder niedergeschlagen. Ich halte meine Finger an seinen Hals und suche nach dem Puls. Sein Herz schlägt, wenn auch sehr schwach.

Da er atmet, tätschle ich ihm die Wange und rufe seinen Namen. Nach kurzer Zeit öffnet er die Augen und ich stoße erleichtert den Atem aus.

„Bin ich tot?“, murmelt er schwach.

„Nein, keine Sorge“, beruhige ich ihn und tätschle ihm die Schulter.

Er entlässt einen enttäuschten Laut. Wollte er etwa sterben?

Als die Gefahr gebannt ist, wirble ich herum. Natürlich ist Sabine abgehauen, während ich mit Max beschäftigt war. In diesem Moment erscheint Michael in der Tür und sieht mich fragend an.

„Was ist hier los?"

„Hast du Sabine gesehen?", entgegne ich aufgeregt.

„Nein, wieso?"

Er runzelt die Stirn.

„Kümmere dich um Max!", rufe ich ihm zu, bevor ich das Zimmer durchquere, um nach einem Telefon zu suchen.

Ich muss sofort Simone und Hansi informieren. Sie müssen eine Fahndung nach Sabine rausgeben.

„Was ist denn mit deinen Beinen?", ruft Michael ungläubig. „Du hast ja gar keine Gehbehinderung."

„Keine Zeit für Erklärungen! Sieh nach Max, er wurde angegriffen."

Ich stürme durch den Flur, in den Aufenthaltsraum der Pfleger. Dort greife ich nach dem Telefonhörer und wähle Simones Nummer. Es dauert nicht lange bis sie das Gespräch annimmt.

„Servus Simone, ich bin´s."

„Karl", ruft sie ungläubig. „Rufst du mich etwa vom Festnetz des Heims an?"

„Ja, es ist dringend."

„Aber du gefährdest deine Tarnung."

„Ich brauche keine Tarnung mehr. Du musst sofort eine Fahndung rausgeben und einen Krankenwagen schicken!"

„Du hast den Täter?", fragt sie ungläubig.

Hat sie etwa an mir gezweifelt?

„Sagen wir so. Ich weiß wer es ist. Leider ist sie mir entwischt“, gebe ich zähneknirschend zu.

Das ärgert mich wirklich, aber ich musste mich zuerst um Max kümmern und mich versichern, dass es ihm gutgeht. Ich hätte es mir nie verziehen, wenn er gestorben wäre.

„Du hast die Täterin?“

„Ja, darum rufe ich dich ja um diese Uhrzeit noch an.“

„Dann sag schon, wie sie heißt!“

„Sabine“, antworte ich und erst jetzt wird mir klar, dass ich ihren Nachnamen nicht kenne.

„Und weiter?“, hakt Simone ungeduldig nach.

„Warte kurz!“, fordere ich sie auf, als ich den Hörer neben das Telefon lege und mich ein paar Schritte davon entferne.

„Michael“, rufe ich anschließend laut in den Flur hinaus.

Er kommt aus Max Zimmer und sieht mich mit geweiteten Augen an. Offensichtlich ist er von der ganzen Situation überfordert, denn er wirkt sichtlich aufgebracht.

„Was?“

„Wie heißt Sabine mit Nachnamen?“

„Schmelzer“, antwortet er stirnrunzelnd.

Ich gehe zurück und nehme den Hörer wieder an mich.

„Sie heißt Schmelzer und ist vor ein paar Minuten aus dem Heim abgehauen. Ich habe sie auf frischer Tat ertappt“, erkläre ich Simone.

„Also gibt es noch eine Leiche?“, fragt sie.

„Nein, ich habe sie gestört, bevor sie die Tat vollenden konnte.“

„Okay, ich schicke dir einen Krankenwagen und gebe die Fahndung raus“, entgegnet sie. „Soll ich dich dann gleich noch abholen?“

„Nein, ich rufe Rosi an.“

„Alles klar, ich melde mich bei dir, sobald wir diese Sabine gefunden haben.“

Ich lege den Hörer auf, nachdem wir uns verabschiedet haben. Anschließend gehe ich zurück zu Max und Michael.

„Max braucht einen Arzt, der ihn untersucht“, sagt Michael, als ich das Zimmer betrete.

„Der Rettungswagen ist schon unterwegs“, entgegne ich und werfe einen Blick auf Max, der einen ganz stabilen Eindruck mach.

Offensichtlich bin ich rechtzeitig dazugekommen, um Schlimmeres zu verhindern.

„Erklärst du mir jetzt bitte mal, was eigentlich genau hier los ist?“, fragt Michael mich mit hochgezogenen Brauen.

Sein Blick wandert von mir zu meinem Gehstock, der am Boden liegt. Auch Max sieht mich stirnrunzelnd an und ich bin nicht ganz sicher, ob es ihm nicht lieber gewesen wäre, wenn ich Sabine bei ihrem Vorhaben nicht gestört hätte.

„Ich bin Polizist“, gestehe ich schließlich. „Polizist in Pension um genau zu sein. Arbeite aber nebenbei noch immer für die Polizei, wenn sie meine Hilfe brauchen.“

„Dann warst du inkognito hier?“, hakt Michael nach.

„Ja, ich habe verdeckt ermittelt.“

„Dann wusstest du, dass Sabine Max töten wollte?“, fragt er ungläubig.

„Nein, wir wussten nur, dass es in dieser Einrichtung einen Todesengel gab, der seit einiger Zeit alte Menschen umbrachte.“

„Du meinst, sie hat schon mehrmals getötet?“

Michael wirkt wirklich betroffen.

„Von einem Fall wissen wir es sicher“, nicke ich ihm zu.

„Und ich habe mich schon gewundert, dass in letzter Zeit ziemlich viele Bewohner verstorben sind.“

„Sabine ist nicht die Schuldige“, murmelt Max plötzlich.

Michael und ich sehen ihn fragend an.

„Sie hätte mir nur einen Gefallen getan“, gibt er schließlich schulterzuckend zu.

„Dann hast du sie angeheuert?“, frage ich ungläubig nach.

„Nein, das habe ich nicht“, erwidert er kopfschüttelnd. „Dennoch hätte sie mich nur aus meinem leidigen Dasein erlöst.“

Ich wechsle mit Michael einen mitfühlenden Blick, bevor der Rettungswagen eintrifft.

# 19. Kapitel

20. Dezember, abends halb elf in Niederhaibach

„Gott, es ist so schön wieder Zuhause zu sein“, seufze ich, als ich mich in mein Bett fallen lasse.

„Ich bin wirklich froh, dass du wieder da bist“, sagt Rosi, als sie sich neben mich legt.

„Das sagst du jetzt nur so“, entgegne ich misstrauisch.

Immerhin war sie nicht sonderlich bedrückt, als ich ins Heim gegangen bin.

„Nein, das sage ich nicht nur so“, beteuert sie und lächelt dabei aufrichtig.

Es freut mich wirklich, dass sie das sagt.

„War dein Einsatz denn wenigstens erfolgreich?“, fragt Rosi nach einer Weile.

„Zumindest habe ich herausgefunden, wer der Todesengel war“, antworte ich.

„Wenigstens?“, hakt sie nach.

„Die Täterin konnte flüchten“, gestehe ich.

„Sie ist dir entwischt?“, ruft sie ungläubig.

Ich zucke mit den Schultern.

„Das wäre dir aber früher nicht passiert“, zieht Rosi mich nun auf.

„Ja, ja, hack nur darauf rum“, murmle ich. „Leider war ich damit beschäftigt, mich um ihr Opfer zu kümmern.“

Ich erzähle Rosi die ganze Geschichte. Aufmerksam hört sie mir zu und lässt mich ohne Unterbrechung ausreden.

„Aber dem Max geht es gut?“, hakt sie anschließend nach.

„Der Notarzt meinte, er wäre mit einem Schrecken davongekommen. Sie haben ihn allerdings zur Beobachtung mit ins Krankenhaus genommen. Vermutlich auch, weil er nicht gerade darüber erfreut war, dass Sabines Plan gescheitert ist.“

„Dann wollte er also sterben?“

„Er ist des Lebens sehr müde“, antworte ich nachdenklich und muss an die Gruppe denken, bei der alle Teilnehmer von Einsamkeit geplagt wurden. „Aber ich glaube der Übergriff hat ihn dennoch schockiert. Es ist sicherlich nicht gerade angenehm, wenn einem ein Kissen aufs Gesicht gedrückt wird und man keine Luft mehr bekommt.“

„Stell dir mal vor wie verzweifelt man sein muss, wenn man sterben möchte. Ich verstehe es ja noch, wenn jemand todkrank ist und schreckliche Schmerzen hat. Aber nur weil man einsam ist …“

Rosi wirkt nachdenklich und bedrückt. Die Geschichten der Menschen scheinen ihr wirklich nahe zu gehen.

„Was hältst du davon, wenn wir Georg und Irmgard an Weihnachten zu uns zum Essen einladen?“, frage ich sie nach einer Weile.

Ich habe die beiden wirklich ins Herz geschlossen und bin heute Abend einfach ohne eine Verabschiedung verschwunden. Sicherlich haben sie das bis jetzt noch gar nicht bemerkt, weil sie wohl nichts von dem Aufstand mitbekommen haben. Aber morgen werden Sie es erfahren und dann sind sie sicherlich von mir enttäuscht, weil ich sie so hintergangen habe.

„Natürlich, lade sie ein! Wie wäre es am zweiten Weihnachtsfeiertag?“

„Wann kommt eigentlich unser Sohnemann?“, frage ich nach.

„Die kommen schon übermorgen und bleiben bis zum ersten Weihnachtsfeiertag. Dann fahren sie noch zu den Schwiegereltern.“

„Dann lade die beiden für den zweiten Feiertag ein“, sage ich entschlossen.

„Tu das aber jetzt wird erstmal geschlafen“, erwidert Rosi gähnend und löscht das Licht auf ihrem Nachttisch.

Als ich am Morgen aufwache, fühle ich mich wie neugeboren. Es ist herrlich wieder im eigenen Bett zu schlafen. Genüsslich strecke ich meine Arme über den Kopf, als ich mich aus dem Bett schäle.

Rosis Bett ist schon leer und als ich aus dem Schlafzimmer gehe, steigt mir ein herrlicher Kaffeeduft in die Nase. Ich beeile mich im Badezimmer, bevor ich nach unten in die Küche gehe. Dort erwartet mich ein reich gedeckter Frühstückstisch.

„Womit habe ich das verdient?", frage ich meine Frau.

„Ein kleines Willkommensgeschenk", schmunzelt sie.

„Ich bin am Verhungern", rufe ich und setze mich an den Tisch.

„Tut mir leid, dass ich Sabine gebeten habe, dich dort auf Diät zu setzen", sagt meine Frau schulterzuckend.

Ich werfe ihr einen vorwurfsvollen Blick zu. Doch dann heben sich meine Mundwinkel.

„Schon verziehen!"

Ich greife zu dem Croissant, welches mich aus dem Brotkorb anlächelt. Es ist ewig her, dass ich zuletzt ein solches gegessen habe.

Meine Frau räuspert sich und sieht mich mit hochgezogener Augenbraue vorwurfsvoll an. Sie wird doch nicht wirklich diese Leckerei kaufen, nur um mir den Genuss anschließend zu verwehren. Hat sie sich nicht gerade noch dafür entschuldigt, dass sie mich im Heim auf Diät gesetzt hat?

Plötzlich verziehen sich ihre Lippen zu einem Grinsen und sie zwinkert mir zu.

„Lass es dir schmecken“, sagt sie und reicht mir ihre selbstgemachte Erdbeermarmelade.

„Das musst du mir nicht zweimal sagen“, entgegne ich gutgelaunt.

Ich breche das Croissant in der Mitte auseinander und bestreiche die eine Seite davon dick mit Marmelade. Natürlich entgeht mir nicht, dass Rosi mich dabei aufmerksam beobachtet. Ich wette, sie würde mich liebend gern dafür tadeln, doch sie hält sich zurück.

Voller Vorfreude führe ich das Croissant an meine Lippen und gerade als ich reinbeißen möchte, klingelt das Telefon. Ich seufze schwer. Bevor ich mich jedoch erheben kann, steht Rosi auf.

„Ich gehe schon. Genieß du dein Frühstück.“

Also langsam mache ich mir echt Sorgen. Rosis Verhalten ist auffällig nett, als hätte sie etwas wieder gutzumachen. Vielleicht liegt es auch nur daran, weil ich so lange weg war. Womöglich wurde ihr währenddessen bewusst, wie sehr sie mich vermisst. Wäre ja kein Wunder, wenn man so viele Jahre miteinander verbracht hat. Ich habe sie schließlich auch vermisst und das obwohl ich durch die Ermittlungen beschäftigt war.

Erneut führe ich das Croissant zu meinem Mund und endlich gelingt es mir ein großes Stück davon abzubeißen. Es zergeht regelrecht auf der Zunge und es wurde wirklich höchste Zeit, dass ich wieder einmal etwas so Köstliches zwischen die Zähne bekomme.

„Warte schnell, ich gebe das Telefon an ihn weiter“, höre ich meine Frau sagen.

„Simone ist für dich dran“, sagt sie und hält mir den Hörer entgegen.

Ich lege mein Croissant zurück auf den Teller und nehme den Hörer an mich.

„Guten Morgen, Simone“, begrüße ich sie.

„Morgen Karl, wir haben deine Täterin gefunden. Willst du bei der Vernehmung dabei sein?“

„Natürlich!“, entgegne ich.

„Dann solltest du gleich vorbeikommen.“

„Kann ich noch in Ruhe zu Ende frühstücken?“, frage ich nach und werfe einen sehnsüchtigen Blick auf meinen Teller.

„Freile“, entgegnet sie hörbar amüsiert. „Wenn du nicht zu lange brauchst.“

Ich rolle mit den Augen, denn das ist wieder typisch Simone. Sie hat die Erlaubnis eingeschränkt und macht das sicher nur, um mich zu ärgern. Sie weiß wie gerne ich esse und kann sich denken, dass es heute nicht wie gewöhnlich für mich Diätkost gibt. Trotzdem setzt sie mich unter Druck.

Aber da werde ich sie wohl enttäuschen müssen. Ich lasse mir auf keinen Fall dieses Frühstück entgehen.

„Ich komme so schnell wie möglich“, entgegne ich daher.

# 20. Kapitel

25. Dezember, mittags halb zwölf in Niederhaibach

Als es an der Tür klingelt, springe ich regelrecht auf und eile zum Eingang, um Georg und Irmgard zu begrüßen. Zum letzten Mal habe ich die beiden gesehen, bevor ich meinen Inkognito-Einsatz im Heim beendet habe. Nun freue ich mich wirklich, sie in meinem Haus begrüßen zu können.

Ich führe die beiden nach der Begrüßung in die Küche und stelle sie dort meiner Frau vor.

„Es freut mich so, euch kennenzulernen. Karl hat schon so viel von euch erzählt“, sagt Rosi zu ihnen.

„Von Ihnen hat er uns leider nichts erzählt“, entgegnet Georg und sieht mich dabei vorwurfsvoll an. „Uns hat er im Glauben gelassen, er sei alleinstehend.“

„Ihr wisst, dass ich euch das nicht sagen durfte“, erwidere ich reumütig.

„Natürlich wissen wir das und nehmen es dir auch wirklich nicht übel“, wirft Irmgard beschwichtigend ein.

„Tun wir nicht?“, fragt Georg zynisch.

Irmgard stupst ihm mit dem Ellbogen in die Seite und sieht ihn tadelnd an, bevor sie die Lippen zu einem Lächeln verzieht.

„Na gut, tun wir nicht!“, gibt er schließlich nach und schmunzelt.

„Aber jetzt erzählst du uns bitte mal, was genau passiert ist“, fordert Georg.

„Sabine hat gestanden, dass sie versucht hat, Max zu töten.“

Irmgard schlägt sich eine Hand vor den Mund und sieht mich mit geweiteten Augen ungläubig an.

„Dann wäre sie fast zur Mörderin geworden?“, haucht sie erschüttert.

„Nicht nur fast“, antworte ich ihr. „Sie hat fünf Morde gestanden.“

Nun ist es Georg, der ungläubig nach Atem ringt.

„Das hätte ich ihr niemals zugetraut“, murmelt er schockiert. „Sie war doch immer so nett und hat uns bei den Gruppengesprächen mit Getränken versorgt.“

„Warum hat sie das denn gemacht?“, fragt Irmgard nach.

„Sie konnte die Traurigkeit der einsamen Bewohner wohl nicht mehr mitansehen, die gerade zur Weihnachtszeit sehr unter der Einsamkeit leiden“, antworte ich.

„Dann hat sie die Leute umgebracht, weil diese einsam waren?“, hakt Georg nach.

Ich nicke.

„Sie hat wohl bei den Gruppentreffen mitbekommen, wer am meisten unter seiner Situation gelitten hat. Wie es scheint, hat sie sich selbst als Todesengel betrachtet, der von Gott geschickt wurde, um die Leute von ihrer Einsamkeit zu befreien und für das Weihnachtsfest zu ihm zu senden."

Georg und Irmgard sehen mich mit geweiteten Augen ungläubig an. So etwa habe ich auch ausgesehen, als Sabine uns bei dem Verhör diesen Schwachsinn erzählt hat.

„Und ich habe ihr auch noch mein Herz ausgeschüttet. Womöglich hatte sie mich auch auf ihrer Liste", murmelt Irmgard plötzlich nachdenklich.

„Tatsächlich hatte sie auch dich im Visier. Das hat sie beim Verhör gestanden. Aber sie ist davon wieder abgerückt, als sie sah, wie gut du dich mit uns amüsiert hast. Sie sagte, du wärst in unserer Anwesenheit regelrecht aufgeblüht", erzähle ich ihnen.

Für einen Moment breitet sich Schweigen aus und Irmgard wirkt sichtlich erschüttert. Sie muss die Neuigkeit wohl erst noch verdauen, immerhin ist sie genau genommen dem Tod nochmal von der Schippe gesprungen.

„Ihr habt mir das Leben gerettet", murmelt Irmgard nach einer Weile.

„Können wir jetzt bitte von etwas anderem reden?", fragt meine Frau plötzlich. „Es ist doch Weihnachten und wir wollen das feiern."

„Es kommen noch zwei Kollegen von mir zum Essen. Ich hoffe das ist in Ordnung für euch“, informiere ich die beiden, denn ich habe kurzerhand auch noch Hansi und Simone eingeladen.

Hansi braucht dringend eine Ablenkung, denn seit er in Scheidung lebt und auch keine Freundin mehr hat, ist er ebenfalls einsam. Auch wenn er das niemals zugeben würde.

„Natürlich ist das okay“, entgegnet Irmgard freudig. „Je mehr, desto besser.“

Wie es scheint kann es für Irmgard nicht viel genug Gesellschaft geben. In diesem Moment klingelt es auch schon an der Tür.

„Da sind sie schon“, sage ich und erhebe mich, um zur Tür zu gehen.

Simone drückt mir eine Flasche Rotwein in die Hand.

„Danke für die Einladung.“

Hansi klopft mir zur Begrüßung auf die Schulter. Als wir in der Küche ankommen, stelle ich sie vor.

„Mei Rosi, so eine schön gedeckte Tafel“, sagt Simone begeistert, als sie sich zu den anderen an den Tisch setzt.

Ich helfe Rosi in der Küche, denn immerhin habe ich die Leute eingeladen und meine Frau ist den ganzen Vormittag schon in der Küche gestanden und hat das Essen gekocht. Es gibt eine Weihnachtsgans und ich muss nicht extra erwähnen, dass mein Magen schon voller Vorfreude knurrt.

Als ich die duftende Gans aus dem Ofen hole, steigt mir ein verlockender Geruch in die Nase. Meine Frau ist die beste Köchin weit und breit. Gleich werden auch Georg und Irmgard in diesen Genuss kommen. Hansi und Simone kennen das ja bereits, denn sie essen hier nicht zum ersten Mal.

Ich stelle den Braten auf den Tisch und greife zu dem großen Messer, um den Vogel zu tranchieren. Währenddessen stellt Rosi Knödel und Soße auf den Tisch. Der Raum ist erfüllt von einem köstlichen Duft und in Hansis Augen kann ich schon die Vorfreude auf das Essen sehen.

„Das riecht ja wirklich köstlich", schwärmt Irmgard.

„Dem kann ich nur zustimmen", sagt Georg.

Mal sehen ob er heute mal etwas mehr isst, als ich sonst von ihm mitbekommen habe. Es wäre ja eine Schande, wenn er diese köstliche Gans verschmähen würde. Als er mir jedoch seinen Teller entgegenhält, scheint es so, als müsse ich mir da heute keine Sorgen machen.

Ich lege eine Scheibe Fleisch darauf ab und Rosi füllt den Teller noch mit Knödel und Soße. Als alle mit Essen versorgt sind, setze auch ich mich auf meinen Platz und wir beginnen zu essen. Alle verstummen und binnen kurzer Zeit erklingt von allen Seiten genüssliches Stöhnen.

Rosi hat sich wirklich selbst übertroffen, denn die Orangensoße passt herrlich zu dem zarten Fleisch der Gans.

„Das ist das Beste, was ich jemals gegessen habe“, schwärmt Georg.

Bei ihm hat das schon was zu bedeuten, denn ich weiß, dass er schon in Sternerestaurants gespeist hat. Auch Irmgard scheint hellauf begeistert zu sein und wie ich es nicht anders von Hansi gewohnt bin, hat er seinen Teller als erstes geleert.

„Nachschub?“, frage ich ihn.

„Du kennst mich wirklich gut“, antwortet er und hält mir seinen Teller erneut entgegen.

Die Stimmung ist sehr gut und wir haben eine Menge Spaß. Alle verstehen sich wunderbar und ich kann mir ein Schmunzeln nicht verkneifen, als ich in die Runde blicke. Ich habe in Georg und Irmgard wirklich gute Freunde gefunden und werde sie künftig regelmäßig besuchen und sie auch zu uns nach Hause einladen.

„Hat euch Karl schon erzählt, wie ich ihn und Georg beim Mensch-ärgere-dich-nicht-Spiel besiegt habe?“, fragt Irmgard nach einer Weile belustigt.

„Ich bin mir sicher, dass du geschummelt hast“, rufe ich ihr zu und deute mit dem Finger auf sie.

Alle am Tisch fangen an zu lachen und ich freue mich, dass dieser Einsatz im Seniorenheim erfolgreich war und wir den Todesengel aufhalten konnten. Dass ich dabei noch Freunde gefunden habe, ist die Kirsche auf der Sahne.

Ich tausche mit Rosi einen Blick und auch sie wirkt glücklich. Erst das Weihnachtsfest mit unserem Sohn und seiner Familie und jetzt mit unseren Freunden. Besinnlicher und schöner könnte es gar nicht sein.

ENDE

# Impressum

Elisa Lark
c/o Werneburg Internet Marketing und Publikations-Service
Philipp-Kühner-Straße 2
99817 Eisenach

E-Mail: elisa-lark@freenet.de

# Vielen Dank,

für den ehrlichen Erwerb meines Buches. Ich hoffe die Geschichte um den pensionierten Polizisten Karl Ramsauer hat dir gefallen.

Falls dem so ist, würde ich mich sehr freuen, wenn du dir die Zeit nehmen würdest eine Rezension zu schreiben.

Deine Elisa Lark

# Glossar

| | |
|---|---|
| Kanapee: | Sofa, Couch |
| Krautwickerl: | Kohlrouladen |
| Hamperer: | Nichtsnutz |
| lagg: | abgestanden |
| Diandl: | Mädchen |
| Schwammerlsuppe: | Pilzsuppe |
| Batz: | Dreck |
| Bissgurke: | anstrengende, nervige Frau |
| Preiß: | Menschen, die nicht bayrisch sprechen oder nicht aus Bayern kommen |
| Hallodri: | Weiberheld, hinter jedem Rock her |
| Sulze: | gebratenes kaltes Fleisch in saurem Gelee |

| | |
|---|---|
| Hundstage: | Tage, an dem es einem schlecht geht |
| Spezi: | Freund, Kumpel |
| Watterer: | Kartenspiel |
| ausschoffen: | Spielzug beim Kartenspiel (Watten) |
| Hagelstegga: | Gehstock |

Wenn ihr wissen wollt, ob der Ramsauer weiterhin auf Verbrecherjagd geht, dann haltet die Augen nach seinem nächsten Fall offen. Infos und Neuigkeiten gibt's auf meiner Facebook-Seite.

Das Böse schläft nie …

In diesem Sinne, bis zum nächsten Mal!

Printed in Poland
by Amazon Fulfillment
Poland Sp. z o.o., Wrocław

35472759R00077